Valery Carrick's Tales of Wise and Foolish Animals

聪明的动物
愚蠢的动物

[俄]瓦莱里·卡里克 绘著

蜗牛 编译

天地出版社 | TIANDI PRESS

图书在版编目（CIP）数据

聪明的动物 愚蠢的动物／（俄罗斯）瓦莱里·卡
里克绘著，蜗牛编译. —成都：天地出版社，2013.6
（2019.12重印）
ISBN 978-7-5455-0874-1

Ⅰ.①聪… Ⅱ.①瓦… ②蜗… Ⅲ.①儿童文学—图
画故事—俄罗斯—现代 Ⅳ.①I512.85

中国版本图书馆CIP数据核字（2013）第073571号

CONGMING DE DONGWU YUCHUN DE DONGWU

聪明的动物　愚蠢的动物

[俄]瓦莱里·卡里克／绘著　　　蜗牛／编译

—— 阅　读　·　成　长 ——

出 品 人　杨　政

策划组稿　卢亚兵
责任编辑　孙　晖
责任校对　程　于等
封面设计　铁皮人美术
电脑制作　跨　克
责任印制　桑　蓉

出版发行　天地出版社
　　　　　（成都市槐树街2号　邮政编码：610014）
网　　址　http://www.tiandiph.com
电子邮箱　tianditg@163.com

印　　刷　山东省东营市新华印刷厂
版　　次　2013年6月第一版
印　　次　2019年12月第三次印刷
成品尺寸　168mm×230mm　1/16
印　　张　15
字　　数　167千
定　　价　32.00元
书　　号　ISBN 978-7-5455-0874-1

编者的话

　　这是一本关于动物的俄罗斯童话故事集，精选了俄国童话作家兼插画家瓦莱里·卡里克自编自绘的童话故事共48则。故事中的主角多是聪明或愚蠢的动物角色——狐狸、兔子、狼、山羊、仙鹤、公鸡、龙虾、骆驼、鹬等等，其中很多角色颠覆了我们惯常思维中童话动物的单调形象。"故事意思简单，叙述有趣、重复，再加之图画又这样恰到好处，恰合儿童心理，是艺术家而兼教育家的手笔。"书中配有大量高品质的手绘插图，插画和故事本身一样，简洁明快，充满戏剧性，"无论在幽默感或艺术巧妙性上都是独一无二的"（英国《卫报》评）。

　　总之，这是一本真正从儿童本位出发的作品，充满童趣和想象力，不仅具有一定的艺术价值，还能提升小读者的想象力和对美的感悟力，非常适合中小学生作为课外及家庭读物。

　　对于这部曾经风靡一时的绘本作品，我们相信，它同样会受到当代读者的欢迎，因为——童心是超越时代的。

贡献给父母和教师们的几句话

（1934年商务出版社《俄国图画故事全集》序）

我们觉得："编辑儿童读物的人，往往对于图画加以歧视，估价太低，没有充分的利用，实则文字图画，都是一种传达意义的符号。在代表某种事物时，图画比文字更加具体，编辑一本书，图画文字，是同样的重要。"特别在低年级儿童，与其说他在看一本书的文字，不如说他在看一本书的图画。它不但能够补充文字的说明，还能够引起读者的兴趣——它大部分决定了儿童们对于一本书的喜欢不喜欢，和他们受到这本书的印象的深刻不深刻。（引王晋鑫《一个参与儿童读物编目工作者之感想》文中语）所以"没有图画的那些书是不好看的"。儿童这样想，许多成人，也未始不是这样想的。

本书的主体是图画，不是文字；文字不过是图画的一种说明，一个补充，给父母和教师们的一点方便罢了。而那些故事的意思这样的简单，叙述这样的有趣、重复，再加之图画又这样的恰到好处，恰合儿童心理，非是艺术家而兼教育家的

手笔不办；特编译出来为家庭和学校教学儿童的
一助。

董任坚
1935年12月

目录
Contents

1. 山羊和绵羊的奇遇

从前，有一个老头子和一个老太婆，他们有一只山羊和一只绵羊。

一天，老头子对老太婆说："我想，我们还不如把山羊和绵羊赶出去吧！它们只管吃我们的东西，一点也不帮助我们。"

他转身对羊说："山羊，绵羊！你们给我滚出去，再不要让我在家门口看见你们！"

山羊和绵羊只好带着一个包袱，一步一步地走出家门。

它们走啊走，走得很远，忽然在田里看见了一个大狼的头。

　　它们将大狼头拾了起来，放进包袱里，继续向前走。

　　它们又走啊走，走得更远了。忽然看见远处有一堆篝火。它们想：我们就在这里过夜吧，免得被大灰狼吃了。哪知道它们走近了一看，哎呀！三只狼正围着篝火在那里煮东西呢。它们只得壮起胆对狼说："晚上好，小伙子们！你们胃口真好呀！"

　　三只狼回答说："山羊先生，绵羊先生，晚上好！我们刚煮好了一些粥，你们一起来吃点吧。然后我们再把你们一起吃掉！"

　　山羊听到这句话，非常害怕。绵羊也吓得全身发抖，连站也站

不住了。山羊使劲想办法，想啊想，想啊想，想到后来，它对绵羊说："啊！绵羊，快点，你把包袱里的狼头拿出来看看吧！"

绵羊打开包袱正要拿狼头出来，山羊说："不，不是这个，你拿大一点的那个出来吧！"

绵羊不明白山羊的意思，拿出了那颗狼头，但是山羊还是说："不，也不是这个。你为什么不拿出最大的那一个来？"

三只狼看了，都想：小羊的包袱里一定还有许多狼头吧。它们互相嘀咕："啊！这两个来访者太可怕了！我们还不如早早地逃了吧！"一只狼站起身来大声说道："兄弟们，我们今天真快活！但粥到现在还没有煮好，我去捡些柴火来烧吧。"它想：我们的聚餐被这两个家伙破坏了，真是危险！它去了再也没回到篝火边。

第二只狼也在那里想：怎样才可以逃走呢？然后它说："奇怪了，我们的兄弟去取柴火，柴火没取来，怎么自己也没回来？我去

看看它吧！"说完就跑了，也没再回来。

现在只剩下一只狼在那里，最后它也说："看来我只得自己去找它们了，它们为什么这么久了还不回来呢？"它一起身，便撒腿跑了，连头也不敢回。

绵羊和山羊看了，多么高兴啊！它们将狼煮好的粥全部吃完，才慢慢地离开了。

后来，逃走的三只狼碰面了，大家说："嘿，我们为什么要怕山羊和绵羊呢？别忘了，它们并不比我们强壮！走，我们再回去吃了它们！"

但是它们回到篝火旁，已不见羊儿的踪迹，他们便去追。追啊追，追啊追，不久，终于追到了山羊和绵羊。山羊和绵羊爬到树上躲了起来，山羊在高一点的树干上，绵羊在低一点的树干上。

于是最大的那只狼匍匐在树下，等羊下来。它紧盯着羊儿，露出尖利的牙齿，发出呜呜的威胁声。绵羊怕得全身发抖，连树枝也摇动起来，一不小心，整个身子都掉了下来，恰巧砸在大狼的背上。与此同时，山羊立刻大声喊着："对了，对了，就是这个！就是最大的这个！"

大狼以为绵羊跳下来要吃它，便跳起身来，拼命向后逃跑。其余的两只狼见了，也三步并两步地逃走了。

2. 神奇的小袋子

从前，一只狼和一只兔子做了邻居，它们一起住在一片森林里。有一年夏天，天气酷热难耐，附近所有的水源都枯竭了。狼出门去寻找水源，结果四处都找不到；兔子出门去找水源，也四处都找不到。

后来，狼找到了一个小水洼，咕嘟咕嘟喝了个够，但它却没有把这个好消息告诉兔子。

有一天，兔子发现狼正贪婪地享受着它捉到的一只羊，便说：

"你不应该吃得太多，狼兄。否则你会非常非常口渴，到时候

可没有水来给你解渴呢！"

　　狼听了，在心里说："你说得没错！但是我已经找到水源啦！"

　　兔子见狼并没有听自己的忠告，还是继续贪婪地吃着，心里想：啊哈，狼一定已经找到了水源而没有告诉我。好吧，只需等一下，我很快就能找到水源在哪里了。

第二天，兔子往一个小袋子里装了些煤屑，然后把小袋子系在自己的后腿上，一路带着它蹦蹦跳跳。

狼见了兔子，问道："兔兄，你腿上绑的是什么东西？"

兔子说："噢，我去见了一个聪明的妇人，问她怎样才能找到水源。她让我把煤屑袋子系在腿上，说这种方法一定能找到水源！"

狼假装自己也要去找水，便对兔子说：

"啊，兔兄，如果你真能找到水源，请一定告诉我，我们可是很好的伙伴呀！没有水的生活简直太可怕了！"

"好啊！如果你愿意，我也可以给你一个小袋子。"兔子说，"我们一起找，就能更快地找到水源。"

"非常好，就这样办！"狼说道。

兔子找来一个大袋子，比它自己的小袋子大多了，里面装满了细细的煤屑，并在袋子底部戳了一个小洞。然后它把袋子交给狼，

说：

"这个给你。这是一个有魔力的袋子，比我的更大更好！系在你的尾巴上吧！"

狼把大袋子系在尾巴上，它们就分头去了。兔子一蹦一跳地藏进了灌木丛，但狼径直朝向水洼跑去——因为它实在是太口渴了。它跑呀，跑呀，跑呀，袋子里的煤屑也不断地漏出来，顺着来路留下了一道痕迹。

兔子藏了一小会儿，然后循着这道痕迹一路跟着，果然找到了小水洼。

第二天，兔子问狼：

"你好，狼兄。结果怎么样？那个袋子帮你找到水源没有？"

狼不想说出水源的地点，便说：

　　"没有，我没找到任何水源。这个袋子完全没有用！那么，你找到没有？"

　　"嗯，找到了！"兔子答道，"我找到了一处。这个袋子帮助了我——如果不是我的袋子帮忙，嗯，你知道，那水源就只属于你啦！"

3. 寻找牧羊人

　　从前有一个农妇，她想雇一个牧羊人来帮自己看管牲畜。她走啊走，走过森林时，遇到一只大熊。

　　"你要去哪里，老太婆？"大熊问。

　　"噢，我正要去找个牧羊人来帮我看管牲畜。"农妇答道。

　　"你愿意雇我吗？我可是个很好的牧羊人啊！"大熊问。

　　"那太好不过了！"农妇说，"但是太阳要下山的时候，你怎么把那些牲畜召集起来呢？"

　　"嗯，我只需要像这样吼叫：嗷呜——嗷呜——"

农妇被熊的吼叫吓坏了，赶紧用手捂住耳朵，说："不！不！那根本行不通！那些牲畜不会聚拢来，只会四处奔逃的！"

农妇继续向前走，不久便遇到一只狼。

"你好吗，老太婆？你在这树林里干什么？"狼问。

"我想请个牧羊人帮我照看牲畜，但是还没找到。"农妇答道。

"啊，我想我会是一个好牧羊人！你可以雇我吗？"狼问。

"当然可以，我非常乐意！"农妇说，"但是太阳要下山的时候，你怎么把那些牲畜召集起来呢？"

"我只需要这样吼叫：啊嗷——啊嗷——"

"噢，不！"农妇说，"用这种方式你根本不可能把牲畜召集起来！"

农妇只好继续寻找。后来，她遇到一只狐狸。

"你好吗，大婶！你在找什么？"狐狸问。

"我正在寻找一个合适的牧羊人帮我的忙。大熊请我雇它，狼也想我雇它，但是它们的召唤声太令人恐惧了，只会吓到我的牲畜。"

"请我当牧羊人吧，大婶！我能用非常非常温柔的方式看管牲畜。"

"那你会怎样做呢？"农妇问。

"啊，我会这样唱：

> 小羊羔，小羊羔，
> 时间到，快睡觉！
> 叽里咕，叽里咕，

快回屋，快回屋！"

"啊，太好啦！"农妇说，"你真是个能干的牧羊人！"

狐狸跟着农妇回到农场，开始看管那些牲畜。

第一天，狐狸偷吃了所有的山羊和绵羊；第二天，狐狸偷吃了所有大大小小的猪儿；第三天，狐狸偷吃了所有大大小小的牛儿。

第三天晚上，狐狸来到农舍，农妇问它："我的羊儿猪儿牛儿们在哪里？"

"它们的角在水沟里，它们的蹄子在河谷中。"狐狸答道。

"啊？这话是什么意思？"农妇说，"我必须亲自去看看我的牲畜！"农妇放下手中正在做的黄油，出门去了。狐狸趁机吃掉了所有的黄油，奶桶里只剩下最后一点鲜奶。

农妇没有找到她的羊儿猪儿牛儿们，就赶紧回家去问狐狸。刚

回到家，见狐狸把黄油吃了个精光，正坐在那儿舔舌头呢！狐狸见农妇回来了，起身就跑。农妇提起奶桶紧追了出去，把桶里剩下的鲜奶泼向狐狸，但也只打湿了狐狸蓬松的尾巴尖儿。

这就是为什么狐狸的尾巴尖儿有一撮白毛的原因。

4. 壮汉的力量

从前，有一只大熊到河边饮水，正巧碰见一条梭鱼停在河畔浅水里，一动不动，它的长嘴正戳进淤泥里找食吃。听到大熊的脚步声，梭鱼吓了一跳，掀起一个水花，游走了。过了一会儿，它转身一看，原来只是一只熊。

"嘿！刚才被你吓着了，我还以为是一个人呢！"梭鱼说道。

"人？那是一种什么野兽吗？"大熊问，"它肯定没有我这么可怕！"

"啊？"梭鱼惊呼道，"难道你不知道没有什么野兽能比人，尤其是壮汉更可怕？"

"好吧，如果确实如此，我倒要去见识见识！"大熊说，"我非常乐意和你说的壮汉比试一下谁的力量大！"

然后大熊就去找壮汉。它走了不多久，见一个男孩坐在石头上照看着一群鹅。大熊径直走上前，问道：

"你好！请问你是一个壮汉吗？"

"哦，不！"男孩答道，"我现在还只是个男孩。我会成为一个壮汉的，我相信，在未来的某一天！"

大熊只好继续往前走，不久，它看到一个老头儿正在照看一群牛，便上前问道："你好！请问你是一个壮汉吗？"

"哦，不！"老头儿答道，"我已经不是壮汉了。我曾经是，但现在只是个老头子啦！"

大熊又问："告诉我，到哪里可以找到壮汉？"

"哦，只需要再往前走一小段，你就能看到森林里有一个人在

那里伐树。他就是壮汉！"老头儿答道。

大熊来到森林里，找到了樵夫。它问："有人告诉我说你是一个壮汉，是这样的吗？"

"是的，"樵夫说，"你找我想要做什么？"

"啊哈，"大熊很高兴，"你果真是壮汉！那么我要和你比试一下谁的力量大。那条梭鱼告诉我，没有什么野兽能比壮汉强大！"

"好啊，为什么不呢？"樵夫答道，"看着这里，首先，你要帮我劈开这根原木。当我劈出一条缝，你就把熊掌伸进木头缝儿里，再用力扳！"

说完，樵夫用斧子使劲劈原木，木材裂开了一条缝儿。等大熊刚把熊掌伸进木头缝儿，樵夫就抽出了斧子！原木一下子夹住了熊掌，大熊怎么扯也扯不出来。

樵夫拿来一根棍子，使劲地抽打大熊，还不断说："你想和我比试力量，是不是？好啊，让我来看看你的力量！"

大熊痛极了，使出全身的力气不停地挣扎，挣扎，好不容易才将熊掌拔出来，狼狈地逃走了。在河边，它又遇见了梭鱼。梭鱼问它："喂，你找到壮汉了吗？你和他比试力量了没有？"

"噢，是的。"大熊答道，"我找到了一个壮汉，也和他比试了力量。你说得很对，没有什么野兽会这么狡猾和强大。我再也不想见到壮汉了！"

5. 谁是最聪明的狗

从前，有一只年轻力壮的狗，学会了用两条后腿直立着走路。于是它便开始在其他狗的面前显摆它的技巧。

"看哪，我多么聪明！"它说，"我确信我是这世上最聪明的动物！"

"别那么早下结论，"一只年老的狗站出来说，"你得让我们瞧瞧你是否真有那么聪明。"

一天，在集市上的肉摊子附近，年轻的狗和年老的狗碰了面。屠夫扔出一小片肉来，年老的狗敏捷地一口接住了，年轻的狗只能

干瞪眼。

　　"喂，你不是很聪明吗？"年老的狗问。

　　年轻的狗哑口无言。

　　屠夫又扔出一小片肉，年老的狗再次抢在年轻的狗之前张开嘴巴接住了肉。

　　"这就是你所说的聪明吗？"年老的狗又问。

　　"啊，这没什么关系！"年轻的狗答道，"我现在还不是很饿；另外，我妈妈在家里已经为我准备了丰盛的晚餐呢！"

　　在两只狗说话的当儿，屠夫又扔出了一小片肉。一只乌鸦正巧飞过这里，顺势接住肉块，飞上树，蹲在了树枝上。

　　年老的狗说：

　　"看哪，我的朋友。你很聪明，那没什么可说的；而我更聪

明——你不能否认这一点；但是我们中间最聪明的，却是那只乌鸦，它把我们两个都戏弄了。"

"先别急着下断语。"年轻的狗说。然后它跑到乌鸦蹲着的那棵树下，对乌鸦说："啊，亲爱的乌鸦，我有些事情要告诉你。"

但是乌鸦闭口不答。

"你知道吗？乌鸦，那只老狗说了些关于你的话。"

乌鸦仍然紧闭着大嘴。年轻的狗接着说："那老狗说了些关于你的坏话。"

乌鸦咧着嘴问："然后呢？它说了什么？"

"那老狗说，你不会唱歌！"

乌鸦终于张开了它的大嘴，想显示它能唱出多么动听的歌。但是同时，那一片嘴里的肉却掉了下来。

　　年轻的狗迅速叼起肉来，跑到年老的狗面前，说："现在你知道了吧，我才是最聪明的那个！"

　　但是就在它说出这句话的同时，肉片掉了下来，年老的狗迅速将肉衔到嘴里，吞了下去。

　　"是的，"年老的狗说，"现在我真正知道了，你才是最聪明的。谢谢你的美意！"

6. 沥青人偶

一年中的旱季到来了。大大小小的河流都干涸了。森林中的动物们决定掘一口井来取水。它们齐心协力，大熊使劲挖，狼獾使劲挖，狐狸也使劲挖。只有兔子没有挖，因为兔子很懒惰。

动物们挖呀挖，不久，井水就涌出来了。它们开始从井里打水，但不准兔子打。大家一致说："因为你没有挖井，所以无权喝水！"

白天里，兔子不敢去井边打水。但是到了晚上，其他动物都睡着了，它就悄悄地摸到井边，打了满满一小桶水提回家。

一天，狐狸经过兔子的小屋，它见屋外放着的木桶里有水，便问道：

"兔子先生，你在哪里打的水？"

"噢，我从每片叶子和每朵花瓣上接露水，一次接一滴，这样才辛辛苦苦收集到了一点儿水。"兔子答道。

"我不相信你能够接下那么多的露水！"狐狸说。

它找到其他挖井的伙伴，说：

"我确信兔子晚上趁我们睡觉时来井边打过水。我们一定要抓住它！"

豪猪想出了一个抓捕兔子的计划。"我们用沥青做一个人偶，放在井边。然后，就等着看好戏吧！"

于是动物们用沥青做了一个人

偶，放在井边的小路上。

到了晚上，兔子又悄悄地来打水。它发现有什么人站在那里，看守着小路，便说道："快让我过去！"

沥青人偶沉默不语。

"快回答，不然我就撞倒你！"兔子说。

沥青人偶还是一言不发。

"难道你不会说话？走开！"兔子说完，用爪子使劲推了一把人偶，爪子马上就被沥青粘住了。

"放开我！不要抓着我！"兔子叫道。

但是沥青人偶的身体牢牢地粘住了兔子的爪子。

"噢，你不放开我，是不是？"兔子生气地说，"那我再推你一把！"没想到它另一只爪子刚伸出去，也被沥青粘住了。

"你为什么要抓着我不放？"兔子叫道，"快给我放开！要不然我就踢你了！"

但是沥青人偶紧紧地粘着兔子的爪子不放。于是兔子伸出右

腿使劲蹬，——右腿也被粘住了；兔子又伸出左腿蹬，——这样四肢都被粘住了。

"难道你以为我的四肢被粘住了就没法儿和你算账？那就让你尝尝我的铁头！"兔子发狠地说。然后用它的头使劲撞向沥青人偶——可想而知，兔子的头也被粘住了。兔子奋力地想挣脱开，结果却被越粘越紧。

第二天早晨，其他动物都围过来看兔子，纷纷说：

"啊哈，这就是你收集露水的办法，是不是？你这个家伙！"

它们一致认为，兔子应该受到它们所能想到的最残酷的惩罚。最终应该采用哪种酷刑处死兔子呢？

狼獾建议道："点一堆大火，把兔子扔进去烧死吧！"

兔子一听，马上说："太棒了！我本来就是从烈火中出生的，快点燃火堆，把我扔进去吧！"

于是大家认为火伤害不了兔子。

豪猪提议说："最好在它的脖子上捆一块大石头，把它沉进水里！"

"好极了！"兔子叫道，"我可以捉很多美味的大鱼当我的晚餐！"

于是动物们认为这个办法也不好。这时，狼建议说："把它扔进荆棘丛里，让荆棘把它撕裂、刺死！"

兔子听了，顿时悲痛地哀号、流泪，它乞求道："噢，你们想用其他任何方式杀死我都行，但别把我扔进荆棘丛里！求你们了！"

其他动物一听，全都欢呼雀跃起来。它们喊道：

"那是你应遭受的最可怕的死刑！敢偷我们的井水，这就是我们对你的惩罚！"

动物们把兔子提上，来到悬崖边。兔子被抛向空中，迅速掉进了下面的荆棘丛里。

兔子落进荆棘丛里，舒服极啦！它自言自语道：

"在这里，我可以找到最好吃的食物，可以做一张舒适的床！因为荆棘丛是我觉得最快乐的地方啊！"

7. 愤怒的石头

一天，有只兔子蹦蹦跳跳地穿过树林，忽然看见一块大石头。它仔细一瞧，石头上还有一顶帽子。

"是谁放了顶帽子在这石头上？"兔子心里说，"难道是用它来给石头遮风挡雨吗？我想，有没有帽子都没关系吧，那我就把它拿去了！"

兔子取下帽子就跑了。谁知背后突然传来一阵嘈杂声，兔子转头一看，你猜它看到了什么？那大石头竟然朝它滚动过来，想要回它的帽子！

　　兔子吓得拔腿就跑，石头滚得更快了，紧追不舍。兔子跳进田里，石头也跟着滚进田里；兔子又跑进森林，石头也跟着滚进森林；兔子跃过小溪，石头也跃过了小溪。最后，兔子跑到一棵树跟前。

　　"啊，亲爱的大树！请你把我藏起来，躲过那可怕的大石头吧！它一直滚动着追我，想要碾死我！"

　　"好吧，"大树说，"你只需匍匐到我的树根底下！"

　　于是兔子匍匐着爬进树根下。

突然，一阵可怕的嘈杂声传向这里，轰隆轰隆，越来越近。

"那是什么？"大树很紧张。

"啊，那就是不断追着我，想要碾死我的大石头！"兔子回答说。

"噢，不！它能制造如此大的嘈杂声，真是可怕极了！"大树说，"我看，亲爱的，如果是这样，我想你最好赶紧离开。我可不想被这么恐怖的东西撞得粉碎！"

兔子只好从树根下爬出来，继续向前奔逃。它跑啊跑，跑啊跑，跑到一只狼的洞穴前。

"噢，亲爱的狼兄，别让我那么悲惨地死去！让我藏在你的洞穴里吧！一块石头滚动着追我，想要碾死我！"兔子哀求道。

"没有比这更容易的了！"狼说，"你这就进洞来吧。"

兔子便钻进了洞穴。

突然，树林间响起了一阵非常非常大的噪音，噼啪噼啪的破裂

声混杂着石头的撞击声使整片森林都能听到。

狼问："那可怕的嘈杂声是怎么回事？"

"啊，那就是不断追着我，想要碾死我的大石头！"兔子回答说。

"噢，天哪！"狼说，"我可不想被这个猛兽一样的石头伤害。请你快逃出去吧！"

兔子只好跑出洞穴，继续向前奔逃。它跑啊跑，蹦啊蹦——石头紧追其后，一点也没有停下来的意思。

最后，兔子遇到一只大熊。

"哦，亲爱的大熊，让我逃离那可怕的死亡吧！一块石头滚动着追我，想要碾死我！"

"当然可以，我来帮你！"大熊说，"快钻进我的毛皮大衣里，我把你藏起来。"

于是兔子钻进大熊厚厚的皮毛下。但是树林间响起了一阵暴风

雪似的嘈杂声，树木都被刮倒在地上了。大熊开始害怕了。"那是什么？"它问。

"哦，那块石头追上来了，它滚动着想要碾死我！"

"真有这么恐怖吗？我想你最好还是逃走吧，否则我们两个都会被碾得粉碎！"大熊劝道。

兔子只好钻出来继续向前逃。它跑啊跑，跑啊跑，跑到一只狐狸的洞前。

"亲爱的狐狸，请让我躲一躲那块石头吧！那石头滚动着追我，想要碾死我！"兔子哀求道。

"但到底是怎么一回事？"狐狸问道，"为什么那块石头会滚动着追你？"

"我经过一片树林，看到一块石头上放着一顶帽子。于是我想：一块石头要帽子有什么用？所以我就拿起帽子跑了。但这石头却滚动起来，一直追着我。"

"那帽子在哪里？"狐狸问。

"这里！"兔子拿出帽子。

"好啦！把它给我，你进我的洞去。"

兔子交出帽子，钻进了狐狸洞。

突然，树林间刮起了一阵巨大的风暴，大地颤动着，树木都被吹得伏倒在地上了。

狐狸问："那是什么？从哪里来的嘈杂声？"

"噢！就是那块滚动着追我，想要碾死我的大石头！"兔子叫道。

"好啦，"狐狸说，"你在这儿安静地坐着，闭上嘴别说话。"

那石头轰隆轰隆一路滚过来，停在了狐狸的洞穴前。

"嗨，狐狸！把那只偷了我帽子的兔子交出来！"石头叫道。

狐狸走出洞穴，嘴里衔着那顶帽子。

"这是你的帽子？"狐狸问。

"是的，就是它。快把那兔子也交出来！我要惩罚它！"石头喊道。

"没问题，但是你得告诉我为什么你需要这顶帽子。没有帽子，你就不能安静地躺在那里吗？"

"是的，没有它我就没法安静地躺着。"石头答道，"我被迫不停地滚啊滚，直到拿到它。而一旦帽子戴在我的头上，我马上就能平静地躺着，一动也不动。"

"好吧，让我把帽子戴在你的头上。"狐狸说。

它把帽子扔到石头的顶上，石头马上就安静下来，不再滚动，

慢慢陷进了泥土里。

"现在好了,"狐狸对兔子说,"你一点儿也不用害怕了,快回家去吧。石头安静下来不再滚动了。但是你得记住,今后千万别再偷走它的帽子!"

兔子谢过狐狸,看也不敢看那可怕的石头,撒腿就跑了。它再也不愿偷一个睡着了的石头的帽子了。

8. 兔子、河马和大象

一只兔子来到大象面前，说：

"大象爷爷，你愿意和我一起到地里干活儿吗？我晚上干活儿，你白天干活儿。"

"那好啊，"大象说，"让我们一起合作吧。"

然后兔子又去找到河马，说：

"河马叔叔，让我们在同一片地里一起干活儿吧。我白天干活儿，你晚上干活儿。"

"那很好！"河马说，"就按你说的办！"

第二天，大象来到树林里，开始清理耕地。它把杂树连根拔起，放在一旁，堆起一大堆木材。干完这些，大象有点累，就回家睡觉去了。

晚上，河马来到地里。它把土地翻松，种下玉米，然后也回家休息了。

过了一个夏天，玉米越长越高，渐渐成熟了。兔子跑来察看庄稼怎么样了。

"啊哈！干得非常好！"它自言自语道，"现在已经可以收割了！"

于是兔子跑到大象那里，说：

"大象爷爷，玉米已经成熟，我们现在可以收割了吧？你收获

你白天劳动的那一半，我收割晚上劳动的那一半。"

然后兔子又来到河马那里，说：

"河马叔叔，玉米已经熟透了，我们可以收割玉米啦。你拿你的一半，我拿我的一半。"

第二天白天，大象来到地里，收了它的那半份玉米。收割完后，玉米放在地里晾晒，它就回家休息了。

到了晚上，河马来到地里收割它的那半份玉米。兔子也来了。

"看哪，"兔子说，"我已经割下了我这半玉米。你也开始收割吧，我这份就先搬回家。"

兔子拿走了大象的那半份玉米，装进谷仓里。然后它来到大象家，说：

"属于你的那部分玉米正放在地里晾晒，差不多已经干了。现在你可以去搬回家啦。"

但是当大象来到地里搬运它那部分玉米时，它发现河马已经在

地里了，正使劲地往回搬运玉米。它们两个大块头大眼瞪小眼，吃惊不小。然后大象问：

"你在这里干什么？这是我的玉米，我正准备搬回家呢。"

"什么？你的玉米？"河马说，"但是这是我的那一份收成，我正准备搬回家呢。"

它们两个都坚持声称玉米是自己的，谁也不让步。于是只好去找狮子，请它决断这件事情。

就在这两个大块头在狮子家里争论时，兔子又背着河马的那一份玉米跑回了家。

9. 大象和鲸鱼

有一天，一只兔子和一只豺狗结伴开始了一段旅行。没过多久，它们来到了海边。在那里，它们看见一头大象站在海边和一头鲸鱼说着话。

大象说："喂，听我说，鲸鱼兄！你是海洋里最强大的动物了，而我呢，则是森林里最强大的。让我们一起来统治其他动物吧！你，统治海洋；而我，统治陆地。要是谁不服从我们，我们就把它打得四脚朝天！"

"好啊！"鲸鱼答道，"我们当然可以做到！"

听到这里，豺狗害怕了，对兔子说："你听到它们说什么了吗？我们最好赶紧逃吧，否则会因为听到它们的秘密而遭殃！"

但是兔子却回答说："你怕什么呢？你真的相信，它们仅仅凭借身体庞大而强壮就能统治其他动物吗？你等着瞧吧，看我怎么愚弄他们！"

然后兔子找来一根长长的绳子，拖着绳子的一头，来到大象面前，说：

"先生，你是如此高大和强壮，而且我听说你还非常仁慈！请帮帮我吧，我遇到大麻烦了！我的奶牛本来在草地上安静地吃草，却不幸陷进了沼泽地，我简直将它拉不出来！"

大象很高兴被人称赞为强大又仁慈，便说："当然可以！我很高兴能帮助你，兔子先生！告诉我，你的奶牛在哪里？"

“它深陷在沼泽地里，”兔子说，“你看不到它，只能望见它的两只角露出草丛！我准备去把绳子的另一头拴在它的角上；然后，我一敲鼓，你就开始拉。”

　　“没问题，”大象说，“你快去拴绳子吧！”

　　但兔子牵着绳子这一头，却偷偷找到海边的鲸鱼，对它说：

　　“啊，鲸鱼先生！大海中、森林里、天空中，都没有哪种动物能与你的力量相比！请你帮我解决下麻烦事儿吧！”

　　鲸鱼非常乐意被兔子称赞它是地球上最强大的动物，于是说：

　　“当然可以！是什么麻烦？”

　　“我的奶牛本来在安静地吃草，却不幸陷进了沼泽地里！”兔子说，“我使劲拉它，使劲拽它，都无济于事！请你好心帮帮我吧！你看，这里有一根绳子，你咬住这一头，我去把另一头拴在奶

牛角上。然后，当我敲击手鼓的时候，你只需要那么轻轻地一拉，肯定就能把奶牛拉出来！"

"好的！就这样办！"鲸鱼应道。

然后兔子就跑开了。现在，鲸鱼用大嘴咬住绳子的一头，大象用长鼻子拽住了另一头。兔子停在大象和鲸鱼之间的半路上，拿出小鼓，使劲敲起来。

"啵啵啵——嘣嘣嘣——"

大象听到鼓声，开始拉；鲸鱼听到鼓声，也开始拉。刚开始，它们拉得很轻，绳子慢慢收紧了；然后它们逐渐加力，绳子越来越紧，就像是一支箭搭在满弓上一样！

"太离奇了！"大象心里说，"那奶牛真是陷得太深了，我竟然拉不出它！"于是它使出了更大的力气，竟把鲸鱼扯向了海岸边。

同时，鲸鱼也在想：啊，那兔子的奶牛一定不是一般的大呀！

我一定要把它拉出来，否则所有的动物都会嘲笑我！于是它也使出了更大的力气，把大象都拉到了海边来。

"啊，我简直不能相信，竟然是你——大象兄弟！"鲸鱼吃惊地说。

"啊，我简直不能相信，竟然是你——鲸鱼兄弟！"大象也惊呼道。

"嘿，我们两个大傻瓜被那兔子捉弄了！"它们这才明白过来。而这时，兔子先生早已经消失得无影无踪了。

10. 猫头鹰、狐狸和乌鸦

有一只猫头鹰在一棵橡树的树洞里筑了巢，生下几个蛋，开始孵化它的猫头鹰宝宝。

狐狸听说了这个消息，很想尝尝小猫头鹰的滋味。于是它来到猫头鹰筑巢的橡树下，用它的尾巴噗噗噗地使劲拍打橡树。

猫头鹰听到声响，钻出巢来一看，问道："你要干什么，狐狸先生？"

"我准备砍倒这棵橡树。"狐狸说。

"你要这棵橡树做什么用？"

“做一架雪橇去旅行。”

“啊，请别砍倒这棵橡树，狐狸先生。我正在里面孵化我的孩子们呢。”猫头鹰请求道。

“那么你认为，就因为你的孩子们，我就得徒步去旅行吗？”狐狸反问道。

“噢，只需要等一周的时间，狐狸先生，我的小宝宝就会破壳而出了。”猫头鹰说。

“好吧，那我就等等。”狐狸答应了，转身离去。

一周时间过去了，狐狸再次来到橡树下，它用尾巴噗噗噗地使劲拍打树身。猫头鹰出来问：“你在干什么，狐狸先生？”

“我准备砍倒这棵橡树。”狐狸说。

“你要这棵橡树做什么用？”

“做一架雪橇去旅行。”

“啊，请别砍倒这棵橡树，狐狸先生。我的孩子们正在窝里面呢。”猫头鹰请求道。

“那么你认为，就因为你的孩子们，我就得徒步去旅行吗？”狐狸反问道。

“噢，只需要再等一周的时间，狐狸先生，等我的孩子们长大一点吧。”猫头鹰说。

“好吧，那我就再等等。”狐狸答应了，转身离去。

这时，猫头鹰听到树洞外有谁弄出了一阵响声，它非常害怕，问道："谁在外面？！"

"是我，乌鸦。"一个声音回应道。

"你究竟在害怕什么啊，猫头鹰夫人？"乌鸦问。

"唉！狐狸先生刚刚来过这里，准备砍倒这棵橡树。我想它还会再来的。"猫头鹰担忧地说。

"原来如此！但是，猫头鹰夫人，还没有谁看到过哪只狐狸能砍倒一棵橡树！"乌鸦说，"等下次狐狸再来的时候，你只需要告诉它：'先生，你砍不倒这棵树！'除此之外就别再理它了！你自

己待在窝里别管它，不用担心。"

不久，狐狸再次来到橡树下，用它的尾巴噗噗噗地使劲拍打橡树。猫头鹰钻出巢来，问道："你要干什么，狐狸先生？"

"我准备砍倒这棵橡树。"狐狸说。

"你是砍不倒这棵橡树的，我不用担心！"猫头鹰说，"从来没有谁见到过一只狐狸能用尾巴砍倒橡树。我早应该知道这一

点！”

狐狸明白，想要愚弄猫头鹰是没希望的了。于是它问：

“那么，是谁告诉你这些的？”

“乌鸦夫人说的。”猫头鹰答道。

“噢，原来是它！好吧，我要让它付出代价！”狐狸恨恨地说。

然后它跑到离橡树有一段距离的地方，躺倒在地上，一动也不动，假装死了。

过了一会儿，乌鸦飞了过来，看见狐狸躺在地上一动不动。它便飞落到地面，在狐狸身边跳来跳去地察看，问道："你是死了还

是活着的，狐狸先生？"

狐狸闭着眼睛一个字也不说。

乌鸦跳到狐狸另一边，又叫道："狡猾的东西，快说话，你是不是还活着？"

狐狸还是一动不动。乌鸦想：看来，这狐狸真的死了！便鼓起勇气跳到狐狸身上去踩它。就在这时，狐狸突然翻起身，用它的爪子把乌鸦摁在了地上！

"现在，正如你看到的，朋友，你在猫头鹰面前揭穿了我的诡计，我将让你为此付出代价！"狐狸恶狠狠地说。

乌鸦只好恳求道：

"噢，亲爱的狐狸，请不要马上就杀了我！不要让我像我的父亲那样死去！"

"你的父亲？它是怎样死的？"狐狸问。

"啊，那些狐狸捉住了我父亲，就像你捉住了我，将它丢进一个竹笼里，然后让竹笼在路上不停滚动，直到它悲惨地死去！"乌鸦说。

"好主意！"狐狸高兴地说，"那么，你的死也将是这种方式！"

于是狐狸找来一个竹笼，把乌鸦丢进去，正准备滚动时，乌鸦乘机扇动翅膀逃了出去！

它飞到猫头鹰居住的那棵橡树上，高兴地对狐狸唱起了歌：

啦啦啦……我比你聪明！

啦啦啦……我比你聪明！

11. 笨狼的美梦

从前，有一只狼和一只狐狸偷了农夫家的母鸡，它们将母鸡藏了起来，准备作为第二天的晚餐。藏好之后它们就回去睡觉了。

狐狸很快睡着了，而狼却没有，它睁着眼睛趴卧在一边，心想：我是不是应该趁狐狸睡着了去把鸡吃了，再回来做一个关于母鸡的美梦，边舔嘴唇边回味我的那顿大餐呢？或者，是不是应该先去睡觉，做一个关于母鸡的美梦，然后醒来去吃鸡？

两种想法不停地在它头脑中出现：一会儿觉得第一种方式更好，一会儿认为第二种方式也并不坏。最后，它在思想斗争中昏昏睡去。

　　不久，狐狸醒来，看到狼熟睡着。于是它把藏好的母鸡找了出来，坐在母鸡前面，心想：我应该吃翅膀还是吃腿？或者先吃腿后吃翅膀？

　　最后，它决定吃一只鸡翅。当它吃完鸡翅，心想：这只母鸡的翅膀自然是非常美味的，但是那鸡腿的美味或许会更让我惊喜不已呢！我想我应该尝一尝鸡腿的味道！

　　当它吃完鸡腿，它想：嗯，说到底，还是鸡翅更美味！现在我是不是应该吃掉另一只鸡翅，或者另一只鸡腿？

　　思前想后，狐狸又吃掉了剩下的那只鸡翅。它心想：啊，现在剩下另一只鸡腿有什么用？我应该把它也吃掉！

　　于是它吃掉了仅剩的那只鸡腿，心满意足地躺下开始睡觉。但狐狸翻来覆去，辗转反侧，却总也睡不着。在它脑海里，浮现出躺着的母鸡的身体，只是没有了鸡翅和鸡腿。它站起来，再次走到母鸡前，说：

"为什么你像这样躺着，没有翅膀，也没有腿，让我无法入睡？"

狐狸说完，吃掉了母鸡的身体，只剩下一地鸡毛。然后它把鸡毛收起来，撒在狼的嘴唇上，就到一边儿躺下睡觉了。

狼睡了一整夜的觉，它做了一个美梦：母鸡出现在梦里，而它正美美地吃着鸡。

第二天早晨，当狼从梦中醒来，看见母鸡不在了。狐狸正熟睡着，狼赶紧叫醒了它，"狐狸兄弟，狐狸兄弟，快醒来！"

"什么事？你要干什么，狼兄？"狐狸醒来问。

"我想要知道，我们的母鸡到哪里去了？"狼问。

狐狸揉揉眼睛，一下子蹦了起来，眼睛睁得大大的，吃惊地问："狼兄！我简直不敢相信，你已经把母鸡吃掉啦？！快看哪，你满嘴都粘着鸡毛！"

狼听了，大吃一惊，慌忙说："啊？我没有吃，但是我的嘴唇上为什么满是鸡毛呢？我想我一定是在睡梦中将鸡吃了！但奇怪的是，我已经吃掉了整只鸡，而我的肚子却还是感觉空空的。我真是搞不明白啊！"

12. 螃蟹和豹子

一天，一只螃蟹坐在礁石上，和自己的眼珠子玩着一个游戏。它对眼珠子说：

"小眼珠，我的小眼珠！飞向蓝色的大海吧，快快快快快！"

只见那对眼珠子从它的头顶飞出去，掉进了蓝色的大海。然后螃蟹又说：

"小眼珠，我的小眼珠！从蓝色的大海飞回来吧，快快快快快！"

只见那对眼珠子从海水里飞了出来，重新安放在了螃蟹的眼眶里。它就像这样无休止地玩着游戏，自娱自乐。

有一天，一只豹子来到礁石边，看见螃蟹正玩着这个游戏，异常吃惊地说："你到底在做什么，朋友？"

"我在做什么？"螃蟹重复了一遍问话，然后说，"我正在和我的眼珠子玩一个游戏。我叫它们飞出去，它们就飞出去；我叫它们飞回来，它们就飞回来，安放在原来的位置。"

"这真是个神奇的游戏！"豹子说，"请你再做一遍让我看看吧！"

"好的！"螃蟹答应了，口中念道，"小眼珠，我的小眼珠！飞向蓝色的大海吧，快快快快快！"

螃蟹的眼珠子飞了出去。然后，它又念道："小眼珠，我的小眼珠！从蓝色的大海飞回来吧，快快快快快！"眼珠子又飞了回来，重新回到螃蟹的眼眶里。

"真是个有趣的游戏！"豹子说，"那么，你能用我的眼珠子玩这个游戏吗？"

"噢，我当然可以！"螃蟹说，"但是你知道，现在那可怕的枯木牙鱼正在这片海域中游来游去，我很担心它会吃掉你的眼珠！"

"噢，我不认为它会吃掉我的眼珠！不管怎样，我都要冒险试一下这个游戏！来吧，就是现在，来让我的眼珠子飞出去吧！"

"那好吧！这就来！"螃蟹答应了，口中念道，"豹子的眼珠子！飞向蓝色的大海吧，快快快快快！"

只见豹子的眼珠子猛地跳出了眼眶，飞进了大海里。然后豹子说："现在告诉它们快回来吧！"

"豹子的眼珠子！从蓝色的大海飞回来吧，快快快快快！"螃蟹大声念道。

只见豹子的眼珠子迅速飞了回来，并安放在它的眼眶里。

"噢，真是太神奇太有趣了！请再来一次吧！"豹子说。

"当心！"螃蟹好心提醒说，"我已经忠告过你了，那可怕的枯木牙鱼正在这片海域中游来游去。如果它吃掉了你的眼珠子，你将再也找不回来了！"

　　"噢，别担心啦！快，再来一次！"豹子催促道。

　　"好吧！"螃蟹答应了，又念道，"豹子的眼珠子！飞向蓝色的大海吧，快快快快快！"

　　只见豹子的眼珠子跳出了眼眶，再次飞进了大海里。然而碰巧的是，就在眼珠飞出去的同时，可怕的枯木牙鱼正在浅海里游动，它看到豹子的眼珠飞在水面上，迅速跃出水面，把它吞进了肚里！

　　豹子坐在礁石上说："现在请让我的眼珠飞回来吧！"

　　螃蟹便念道："豹子的眼珠子！从蓝色的大海飞回来吧，快快快快快！"

　　但是，眼珠子这一次没有回来。螃蟹念了一遍又一遍，还是没有任何用——那可怕的枯木牙鱼已经把豹子的眼珠吃掉了！

　　豹子顿时非常生气，想杀了螃蟹。但是螃蟹迅速躲进了礁石缝里。没办法，豹子只好瞎着眼离开了海边。它走了好长好长一段路，遇到一只王鹫。王鹫问豹子：

　　"你要去哪里，朋友？"

"我不知道我将去哪里，只好这样不停地走。那只螃蟹让我的眼珠飞向了大海，眼珠却被可怕的枯木牙鱼吞掉了。所以我只能这样瞎着生活下去了！你能给我一双新的眼睛吗？"

　　"噢，是的，我可以！但是你必须答应我一个条件，并永远遵守：无论你捕获到什么猎物，都要留给我一份！"

　　"我发誓！我愿意！"豹子赶紧答道。

　　于是王鹫给了豹子一对新的眼珠，甚至比它以前那对眼珠更明亮。

　　从那里后，无论豹子捕获到什么猎物，它总是要剩下一些残骸，留给王鹫。

13. 狮子、鬣狗和兔子

　　从前，有一只狮子被人用猎枪打伤了。它躺在山洞里，不停地哀号，声音大得整个山谷都在震动。

　　一只鬣狗正巧路过这里。它朝洞里看了看，想知道出了什么事。"你怎么啦，可怜的老朋友？你在哀号什么？"

　　"噢，有人用枪打伤了我的腿，疼得无法忍受啊，这就是为什么我在哀号的原因。"

　　鬣狗知道现在没必要害怕狮子了，因为它动也不能动。于是说："啊，原来就是你一直在这儿鬼哭狼嚎，扰得其他动物们整夜都没合眼啊！"

"是的，就是我。"狮子说。

"噢，是的，确实！"鬣狗奚落道，"你竟敢在晚上这么拼命号叫，吵醒其他动物，打扰我们的睡眠！好吧，我现在就让你付出点代价！"

鬣狗走上前来，使劲撕咬，差点咬死狮子。

第二天，鬣狗碰见一只兔子。它对兔子说："你好啊！你听见狮子昨晚的惨叫声了么？"

"没有，我没听见。"兔子答道。

"没有？我不相信！我已经给了狮子一顿好打，教训它不准再在夜里号叫，打扰其他动物入睡。我相信它已经得到教训，不会再那样了。"

兔子听了非常吃惊，就问：

"什么？你的意思是说，你打了狮子一顿？我简直不敢相信！"

"啊哈，但这就是事实。假如它再那样号叫，我还会去教训它。我一定会给它上一堂终生难忘的课！"

与此同时，一只受伤的羚羊蹒跚地朝狮子的洞穴走过，当它走近时，就倒下死了。于是狮子就饱餐了一顿——这足够它维持整整两天的体力。它浑身充满了力量，枪伤也痊愈了。当晚，狮子站起身来，感到一股从未有过的精气神儿，因为高兴，它发出了一阵狮吼。声音是那么雄浑厚重，以至于森林里所有的树木都震颤起来。

这边，鬣狗听到狮吼声，赶紧跑到狮子洞前，呵斥道：

"噢，你真是只无赖的狮子！你刚才又号叫了，是不是？你怎么胆敢再次打扰我们入睡？"

狮子假装还生着病，身体虚弱，周身疼痛。"我简直控制不住啊！"狮子呻吟着说，"我全身的骨头都很痛！"

鬣狗走向狮子，正准备再次撕咬它，狮子突然跃起，猛地扑向鬣狗，对它发起了猛烈的攻击。鬣狗见势不妙，撒腿就逃。但狮子穷追不舍，不停地追咬。沿途好长一段路上都散落着鬣狗那被狮子撕咬下来的一撮撮皮毛。

第二天早晨，鬣狗再次碰见了兔子。兔子问：

"看哪，那只狮子又吼叫了一晚上！你为什么不去教训它一顿？"

"噢，是的，"鬣狗说，"我已经去教训它了。我凶猛地追咬它，你能看到那路边到处都是一撮撮的狮子毛，就是被我撕咬下来

的！"

"真的吗？"兔子说道，"走吧，我们沿路去看看！"

它们一起走去，兔子一下子就看出了那些皮毛不是狮子的，而是鬣狗的。于是它说：

"好吧，我要告诉你一个秘密：我知道一种非常神奇的咒语，能够使任何动物走向死亡，只要借助这个动物的皮毛。现在我就要用这撮狮子毛念咒语，让狮子死去！"

说完，兔子便拿了一撮皮毛念起咒语来：

　　　　无论那是什么动物，

　　　　只要落下的皮毛被我目睹，

　　　　它将万劫不复！

鬣狗这时开始害怕了，唯恐兔子念的符咒降临到自己身上，便赶紧说：

"等一下！等一下！别再念那咒语了！你知道的，那事儿发生在黑夜里。我们两个互相打斗、撕咬，我实在不确定你看到的这撮皮毛是谁的——有可能是狮子的，也有可能是我的！"

14. 小喜鹊的尾巴

　　一天，一个农妇挤了一桶奶。她把奶桶放在地上，然后就返回屋子去给炉子生火，准备做黄油。这时，一只小喜鹊飞下来，看见奶桶里有满满一桶鲜奶，便站在奶桶的边沿，把头伸进去享用，它的尾巴高高地翘起。

　　农妇回来取奶桶，见到小喜鹊正在偷奶喝，一把抓住了小喜鹊的尾巴。小喜鹊扑闪着翅膀，

不停挣扎，打翻了奶桶，鲜奶倒了一地。小喜鹊乘机使劲一扑腾，终于挣脱了，但尾巴却留在了农妇的手里。

小喜鹊飞了几下，没有尾巴的感觉简直太糟糕了，而且它怎敢这样去面对自己的爸爸和妈妈？小喜鹊只好飞了下来，停在农妇面前说："求求你把尾巴还给我吧！"

农妇说："可是你打翻了我的奶桶。如果你能还我一桶，我就还你尾巴。"

小喜鹊只好飞去找奶牛。它说："请你给我一些鲜奶吧！这奶

是给农妇的，然后她就会把尾巴还给我；我把尾巴系上，就可以飞回家去找我的爸爸妈妈了！"

奶牛回答说："你得给我些青草，我才能挤出鲜奶！"

于是小喜鹊飞到了牧场，对草地说："请给我一些青草吧！这青草是给奶牛的，然后它就可以给我鲜奶；鲜奶给了农妇，她就把尾巴还给我；我把尾巴系上，就可以飞回家去找我的爸爸妈妈！"

草地回答说："你得找些水来，我就能给你青草！"

于是小喜鹊飞到挑水的农夫那里，对他说：

"请你给我一些水吧！这水是给草地的，然后它就可以给我青草；青草给了奶牛，它就可以给我鲜奶；鲜奶给了农妇，她就把尾巴还给我；我把尾巴系上，就可以飞回家去找我的爸爸妈妈！"

挑水的农夫回答说："给我一个鸡蛋，你就能得到些水！"

于是小喜鹊飞到母鸡面前，对它说："请你给我一个鸡蛋吧！这鸡蛋是给挑水的农夫的，然后他就可以给我些水；水给了草地，

它就可以给我青草；青草给了奶牛，它就可以给我鲜奶；鲜奶给了农妇，她就把尾巴还给我；我把尾巴系上，就可以飞回家去找我的爸爸妈妈！"

母鸡打量了一下小喜鹊，看到它没有尾巴的样子实在是糟透

了！它不可能就这样回去见父母的。母鸡很同情小喜鹊，便生下一个蛋给了它。

小喜鹊衔着鸡蛋，径直飞到挑水的农夫那里。农夫给了它一桶水。

小喜鹊把水搬到牧场，草地给了它一堆青草。

小喜鹊带着青草来给奶牛，奶牛给了它一桶鲜奶。

然后小喜鹊把鲜奶交给了农妇，农妇终于把尾巴还给了它。

小喜鹊系上尾巴，高兴地叫了一声，向家的方向飞去。它要去找它的爸爸妈妈了！

15. 三只名叫布鲁斯的山羊

　　从前，有三只山羊，它们的名字都叫布鲁斯。一天，它们想登上高山的草地去吃嫩草，这样就能让肌肉长得更强壮，骨头更结实。

　　于是最年轻的布鲁斯走在前面带路。路上遇到了一条溪谷，上面架着一座独木桥。桥边居住着一个又可怕又丑陋的地精。它胖得就像一个大气

球，两只眼睛和茶托一样大，鼻子就像一根粗铁棍。

最年轻的山羊迈着步子想过桥，蹄下发出轻轻的声响：哒咔、哒咔、哒咔！

桥下的地精问道："是谁迈着这么轻的步子经过我的桥？"

"是我，最年轻的山羊布鲁斯。我要经过这座桥到山上去饱餐一顿鲜嫩的青草。"山羊答道。

"噢，我要吃掉你！"地精说。

"啊，别吃我，地精，求你了！"山羊答道，"我是最瘦最小的一只羊。我的二哥不久就要来到这里，它比我肥美多啦！"

"嗯，好吧！那我就等等。"地精说完，就回到桥下继续睡觉了。

不一会儿，中等个头的山羊布鲁斯来到了独木桥前，蹄下发出很大的声响：哒咔、哒咔、哒咔！！

于是地精问："是谁迈着这么重的步子经过我的桥？"

"是我，中等个头的山羊布鲁斯。我要经过这座桥到山上去饱餐一顿鲜嫩的青草。"山羊答道。

　　"噢，我要吃掉你！"地精说。

　　"啊，别吃我，地精，求你了！"山羊答道，"我是一只十分瘦小的羊。我的大哥跟在后面，不久就要来到这里，它比我肥美多啦！"

　　"嗯，好吧！那我就等等。"地精说完，又回到桥下睡觉了。

　　过了一会儿，最年长的山羊布鲁斯来到独木桥前，蹄下发出重重的踢踏声：哒咔、哒咔、哒咔！！！

　　于是地精问："是谁在经过我的桥？为什么用这么古怪的方式走路，又踩又踢又跺脚？"

　　"是我，最年长的山羊布鲁斯。我要经过这座桥到山上去饱餐一顿鲜嫩的青草。"山羊答道。

　　"噢，我要吃掉你！"地精说完，就伸出手来想抓住布鲁斯。

这时，布鲁斯使劲冲上前去，用它的大羊角撞向地精。地精被撞了个四脚朝天，掉进了深深的溪谷里，摔死了。

于是，三只名叫布鲁斯的山羊在高山草地上度过了一整个夏天，长得身强力壮，回到了山脚下的家。

16. 狗儿鞋匠

很久很久以前，狗儿是生活在森林里的，就和现在的狼一样。

一天，狗儿在森林里走着走着，来到了一间小小的房子前，里面没有人居住。狗儿想：这真是座漂亮的小房子！可以拿来当作我的家。于是它便在里面住下了。

过了一段时间，狼经过这里，也看到了小房子。它想知道有谁在里面住着，便敲了敲门。狗钻出来看是谁在敲门。狼说：

"噢，你住在这里呀？你在这间漂亮的小房子里做什么？"

"我是一个鞋匠，专门做鞋子。"狗答道。

"那太好了!"狼说,"你能帮我做一双鞋吗?"

"是的,当然!"狗说,"但是,我需要一些皮革。"

"啊,没有什么比这个更简单啦!"狼说。

然后狼就来到一块牧场,那里有一群羊。它偷偷叼走了一只羊羔,带来交给狗。

"这下你就有足够的皮革了,给我做双鞋吧。"狼说。

"非常好!"狗说,"从今天算,十四天后就可以做好,你到时候来拿吧。"

狼走后,狗却完全不关心什么鞋子了。它吃掉了羊羔,包括肉、骨头、皮。

十四天过去了,狼再次来到小房子外。

"喂,我的鞋子做好了吧?"狼问。

"你的鞋子?你知道,那皮革非常差,我没法做出鞋子来。我需要一些牛皮。"

于是狼又去找牛皮。它咬死了一头牛，把牛拖到狗的房子前。

"这里有些很好的皮革，现在可以给我做鞋子了吧？"狼说。

"啊，当然！"狗说，"从今天算，十四天后来拿鞋子吧。"

在这十四天里，狗吃完了一整头牛，但却没做鞋子。交鞋子的时间到了，狼又来问："现在，我的鞋子在哪里？"

狗说："是的，我尽了全力为你做鞋子，但是却没有足够结实的线绳。我一直在等你来，想问你要些线绳呢。"

狼明白狗是在耍弄它，顿时非常生气，冲上去和狗厮打。

它们不停地打斗，有时候狼占了上风，有时候狗占了上风，却始终分不出个胜负。

"好啦！我们必须停止打斗！"狗停下来喘息道，"持续下去没有任何意义，因为我们两个都差不多强壮。但是今后我们没法再生活在同一片森林里了。"

于是狗加入到了人类的生活中，而狼则继续生活在森林里。

从那以后，如果一只狗和一只狼碰了面，它们还是会打斗起来。

17. 狮子和鬣狗

从前，有一只狮子和一只鬣狗共同去狩猎。它们杀死了一只小鹿。

鬣狗说："我在想，我们怎样来把它煮了吃？"

"为什么要煮了吃？直接吃生的呀！"狮子回答说。

但是鬣狗说："噢，不！那样吃是不对的！"然后它指着快要落山的太阳，对狮子说，"那太阳落山的西边有木头燃烧着，你只需要跑去取些没烧完的木头来，就可以煮啦！"

于是狮子向西边跑去了，它跑啊跑，跑啊跑，直到太阳完全沉

了下去，火光也不见了。

　　狮子去了，鬣狗却将小鹿吃了个一干二净，只剩下一条尾巴。它拿起尾巴，插进了地里。

　　过了很久，狮子回来了。鬣狗问：

"喂，火在哪里？"

狮子说："我一直追过去，那火焰就从地面消失了，所以我什么也没拿到。那只小鹿呢？"

"噢，"鬣狗说，"你走后，小鹿也从地面消失了，只剩下它的尾巴还露在外面。你最好紧紧抓住这条尾巴，否则它就会完全消失了！"

于是狮子扑过去，逮住小鹿的尾巴，使劲扯了出来，却没有一丁点儿小鹿的踪影！

"啊，你真愚蠢！"鬣狗喊道，"你扯断了这根尾巴！现在猎物跑了，我们再也不可能把它找出来了！"

18. 绵羊和美洲豹

从前，有一只绵羊想在森林里建造一座房子。于是它走到林间，开辟出一片空地。

"差不多啦，明天我要好好休息一下，然后就开始建造我的房子。"绵羊说完，回去休息了。

但同时，有一只美洲豹也想在森林里建造一座房子，便来到林间寻找一块心仪的位置。忽然，它看见一块已经被清理干净的空地，就好像有谁为了建房专门开辟的一样。

真是好极了！我可以在这里建造自己的房子了！它想。说干就干，美洲豹拖来树枝和原木，干了一整天，感觉有点累了，就说："好啦，万事开头难。明天我要休息，然后继续干活！"

第二天，绵羊来了，看见树枝、原木、木桩全都堆在一起，建房所需要的材料都已经准备好了。它非常惊喜，心想：这一定是精灵们在帮我！

于是绵羊开始搭建地基和墙壁。干了一半，它有点累了，就回家休息去了。

第三天，美洲豹又来了，看到房屋的墙壁已经建好了一半，它想：啊，这不是太神奇了吗！我昨天休息了一天，精灵们就来帮助我啦！

于是美洲豹开始工作，搭建好了房屋的四壁。干完这些，它有点累了，心想：真是太好了！明天休息，后天我就能全部建好！

第四天，绵羊来了，看见房屋的四壁都已建好，只剩下屋顶没有搭建了。它想：一定又是精灵来帮忙了。绵羊开始工作，搭建好了房顶，对自己说：好啦，明天我要好好休息一下，后天就可以搬进去住！

第五天，美洲豹又来了。当它看到所发生的一切时，心想：啊哈，你能相信吗，工作已经完成了！屋顶都搭建好啦！明天，我就搬进来住！

第六天，绵羊准备将家什搬进新房子，而美洲豹也准备搬进去住。它们同时在小屋前碰面了。

绵羊说："这房屋应该我住进去，是我在精灵的帮助下建造了它！"而美洲豹说："不！这房屋应该我住进去，是我在精灵的帮助下建造了它！"

它们为此争论了好半天，还是没有争出谁该住进这座房子，也没争出精灵帮助了谁。

最后，它们来到狮子大王那里去寻求公正。

　　"狮子大王，请您帮忙决断我们之间的争论吧：究竟谁建造了这座房子？精灵们帮助了谁？谁应该搬进去住？"

　　狮子大王听了他们的述说，下了结论："我认为，你们两个共同建造了这座房子，精灵们也帮助了你们两个，所以你们两个都应该住进去。不要再争吵了！"

　　于是美洲豹和绵羊都搬了进去，它们两个相安无事，再没有吵过架。美洲豹每天出去狩猎，将捕获的猎物搬回家吃掉；绵羊则在房子周围来回转悠，寻找青草吃。它们两个都对现在的生活十分满意。

　　后来，美洲豹对一件事有点想不明白：绵羊它没有锋利的牙齿，也没有利爪，除此之外，它还很懒惰。那么它是靠什么方法找到足够的吃的，让自己始终圆圆胖胖的呢？于是有一天，美洲豹问绵羊：

　　"绵羊先生，你是怎样捕获猎物的呢？"

绵羊反问道："我是怎样捕获猎物的？那你先说说，你是怎样捕获猎物的吧！"

美洲豹便找来一截原木放在地上，假装那是它的猎物。它先跳到"猎物"的一边，蹲在地上，匍匐前进；然后又跳到另一边，蹲在地上，匍匐前进；最后，它突然跳起，扑到原木上，用利齿撕

咬，用爪子捶击、抓挠。

绵羊看完美洲豹的捕猎方式，说："好啦，现在轮到我来展示怎样捕捉猎物了。"于是它站在原木前，开始后退，一直退，一直

退，突然，它低头冲向原木，用羊角使劲顶了上去。原木被撞得像陀螺一样滚动起来。

美洲豹看到绵羊如此强壮有力，心里对自己说：

"绵羊真是个危险的猛兽！我必须时刻注意，当心它像那样对付我啊！但有一点好处：我知道它发动攻击前，会向后退，退，退，退！"

从这以后，它们继续快乐地共同生活在一起：美洲豹出去捕猎食物，并带回家吃；绵羊在屋子附近转悠，吃着青草。但是美洲豹时刻都注意着观察绵羊是否开始向后退。

草原的雨季来临了，土地变得潮湿而滑溜。一天，美洲豹和绵羊一起待在屋外的小山坡上。突然，绵羊一脚踩在稀泥上，向后滑溜起来，它不停地滑，滑出好长一段距离。

美洲豹看到这情景，心里非常害怕，它想：噢，天哪！噢，天哪！我的死期到了！

它边想边拔腿就逃，一直逃到森林里去了。从那以后，绵羊就成了那房子的唯一主人。

19. 兔子和狮子

　　一天，一只狮子遇见了一只兔子，正要张口吃它，兔子赶紧乞求说："啊，狮子大王，我有什么值得您吃的呢？我这么瘦，这么小！如果您肚子很饿，我可以带您去吃一头又大又肥美的野兽。只是，那野兽极其强壮，我担心它对您来说太强大了！"

　　狮子听了，非常生气，"什么？比我强大得多？这里难道还有比我更强壮的猛兽？马上带我去找它！"

　　"啊，狮子大王，您一定要小心，不要轻易拿性命冒险！"兔子说，"您不知道它是多么可怕的猛兽！它住在一口井底下！"

"快！马上带我去！"狮子命令道。

于是兔子带着狮子来到那口井前。狮子站在井口往下看，井水里便映出了它的脸。

"您看哪，"兔子说，"它是多么可怕的怪兽呀！大王，您最好就站在这里，千万别跳进去，否则它会把您撕成碎片！"

"什么？！"狮子咆哮着，"你认为我会怕了它？我这就跳下去吃了它！"

"噢，千万别，大王——"兔子叫道。但是它刚喊出这句话，狮子就已经跳进了井里。它再也出不来了。

母狮在家等狮王回来，它已经很不耐烦了，便不停地走出山洞，环顾四周，但是一丁点儿狮王的影子都没有。

兔子突然跳到母狮面前，说：

"您好啊，狮子夫人！我带来了您丈夫的问候。它现在伤得厉害，已经不能起身了。我跟它发生了一点小争执；但是很不幸，从言语演变成了打斗，我们打了一架；然后呢，结果对它有点糟糕！"

母狮听了顿时火冒三丈，叫道：

"嘿，你这个不值一提的爱吹牛的小坏蛋！"

说完猛扑过去要抓兔子，兔子撒腿就逃。它知道大岩堆那边有条特别的岩缝，进口很宽，但出口很窄。所以母狮追咬它，它就直奔向大岩堆。追呀追，跑啊跑，它们到了大岩堆。兔子一下子蹿进了岩缝，母狮想也没想就紧跟了进去，结果被窄窄的岩缝卡住了，进退不得。因此，它只好一直待在里面了。

20. 乌龟和大象

一天，一头大象遇到了一只乌龟。乌龟问："你是什么小动物？"

"什么！小动物？！你竟敢说我是小动物！"大象生气地说。

"好吧，如果你不是小动物，那你是谁？"乌龟又问。

"我是整个森林中最大的动物，"大象说，"我拥有无与伦比的力量和速度。"

"整个森林中最大的动物？但是我都能从你身上跳过去，只要我愿意！"

"就你？从我身上跳过去？"大象嘲笑说，"那你现在就试试看！"

"好啊，我很乐意。只是我今天有点儿累了。我已经走了很长一段路。明天我们在这儿见吧，我要让你见识一下我怎么跳过你！"

"很好，我会在这儿等着！"大象说。

第二天，乌龟和大象在约定的地点又见面了。那乌龟，是个非常聪明狡猾的动物。它把它的姐姐也叫上了，让姐姐提前藏在草丛里。

大象不知就里，问道："喂，小乌龟，你准备好开始跳了吗？"

"是的！"它回答道，"你只需要站着不动，我就能从你身子的这边，跳到另一边！"

于是大象站着不动。乌龟假装它要跳了，同时，它姐姐已经在大象另一边的草丛里藏好了。

“当心啦！”乌龟大声喊道，“跳——！”

当大象转过身去瞧时，乌龟的姐姐从草丛里伸出了头，招呼说：“嘿，我在这里！”

大象吃了一惊，不甘心地说：“好吧，那你再跳回去试试！”

“没问题！”乌龟答道，“跳——！”

大象再次转过身，看到乌龟又准确地回到了之前的地方。大象更加吃惊，说：“好吧，真的，你擅长跳跃，并且没有失误。让我

再次看看你怎么跳！”

“跳——！”乌龟喊道。同时大象又转过身去，另一边，乌龟再次出现了。

“再来一次！”大象叫道。

“跳——！”乌龟喊道。另一边同一个地方又出现了乌龟。

大象感到非常惭愧，它想不通为什么乌龟如此擅长跳跃，于是说：“好吧，你说得对！我知道你非常擅长跳跃。但是跑和跳明显

不是同一回事儿！你肯定会介意我这样说，但是奔跑方面你确实毫无希望！事实上，你是这世界上走得最慢的动物了！"

"哈哈！"乌龟大笑起来，"显而易见，你完全不了解我！我能与任何动物竞跑，并且赢它！"

"非常好！"大象说，"那就让我们来一次赛跑，终点在那棵树那里。"

"你这是以逸待劳啊！"乌龟答道，"我刚才跳来跳去，已经很累了，我们约定明天再来比赛跑吧。你会看到，我将击败你！"

第二天，乌龟召集了它的所有亲戚——包括兄弟姐妹、大叔大婶，并对它们说："你们分别藏到从这里到那棵树之间的路边草丛中。"

不久，大象来了。它说："小东西，你准备好跟我赛跑了吗？"

"当然！为什么不呢？"乌龟回答说。

然后它们并排站在一条线上。

"预备！注意！跑！"乌龟刚发出口号，大象就冲了出去。乌龟马上躲进了草丛里。

大象跑，跑，跑，心里想：啊哈，我现在一定把乌龟甩下好长一段了吧！然后它停下来，大声喊道："小乌龟，小乌龟，你在哪里？"

乌龟的哥哥在大象前面的草丛里探出头来，回应道："我在这里！你为什么停下来了？"

大象再次拔腿跑了起来，它跑，跑，跑，又停了下来，大声问："你在哪儿，小乌龟？"

乌龟的婶婶赶紧从大象前面的草丛里伸出头回答："我在这里！你为什么不继续跑了？"

大象看到乌龟始终跑在自己前面，于是更加努力，用了最大的力气跑起来。最后，它跑到了那棵树底下，心想：啊，我终于赢

了！大象问："你在哪里，小乌龟？"

乌龟的叔叔从树底下的草丛里伸出头，大声说：

"哈啰，我已经在这里等你好长时间啦！"

大象吃了一惊，比之前更惊讶。它自言自语道："啊！这真是只特别的乌龟！"然后气呼呼地回家去了。

21. 狐狸借宿

有一只狐狸走在路上，发现了一只被人遗失的鞋子。它灵机一动，叼起鞋子向村庄走去。不久，它来到一个农夫的小木屋外，对农夫说：

"农夫先生，请让我在你的小木屋里借宿一晚吧！"

"但是我的小屋已经很拥挤了。"农夫答道。

"噢，你看我不需要太多空间，是吧？我可以睡在长凳上，尾巴蜷到身子下，鞋子放到壁炉旁。"狐狸说。

于是农夫让狐狸进了屋。狐狸睡在长凳上，尾巴蜷到身子下，鞋子放到壁炉旁。

第二天一早，狐狸醒来，把鞋子丢进壁炉烧了。然后去找农夫，生气地问：

"有人对我的鞋子做了什么吗？我找不到它啦！你必须用一只鹅才能勉强作为赔偿！"

农夫没办法，只好给了狐狸一只鹅作为补偿。

狐狸便带着鹅离开了。它一边走一边得意地唱道：

狐狸大人捡只鞋，

拿它赚了大肥鹅！

不久，夜幕降临，狐狸敲响了另一户农夫的小屋。"笃笃笃！笃笃笃！"

"谁在那儿？"屋里的人问。

"是我，狐狸先生。"狐狸答道，"请让我借宿一晚吧！"

"我们这里已经非常拥挤了。"

"噢，我不会让你们更拥挤的！"狐狸说，"我可以睡在长凳上，尾巴蜷到身子下，肥鹅放到壁炉旁。"

农夫便同意狐狸借宿了。狐狸睡在长凳上，尾巴蜷到身子下，肥鹅放到壁炉旁。

第二天一大早，狐狸醒来，吃掉了肥鹅，然后找到农夫说：

"我的大肥鹅到哪儿去了？我找不到它了！你至少得拿一只火鸡作为赔偿！"

农夫没办法，只好给了它一只火鸡作为赔偿。

狐狸带着火鸡离开了，一路上边走边唱：

狐狸大人捡只鞋，

拿它赚了大肥鹅！

大肥鹅呀大肥鹅，

骗来一只大火鸡！

"笃笃笃！笃笃笃！"夜晚来临，狐狸又敲响了第三户农夫的房门。

"谁在那儿？"里面的人问。

"是我，狐狸兄弟。请让我在这里借宿一晚吧。"狐狸说道。

"但是我们自己住在里面都已经非常拥挤了！"农夫答道。

"我不会让你们更拥挤的。我可以睡在长凳上，尾巴蜷到身子下，火鸡放到壁炉旁。"狐狸说。

于是农夫允许了狐狸借宿。狐狸睡在长凳上，尾巴蜷到身子下，火鸡放到壁炉旁。

早晨，狐狸醒来，把火鸡吃掉了，然后找来农夫，问："我的火鸡在哪里？我找不到它啦！你至少要拿一只羊来勉强作为赔偿！"

农夫没办法，只好给了狐狸一只羊作为赔偿。狐狸牵着羊走了，它边走边唱：

狐狸大人捡只鞋，

拿它赚了大肥鹅！

大肥鹅呀大肥鹅，

骗来一只大火鸡！

火鸡火鸡真是好，

骗来一只小肥羊！

到了晚上，狐狸又敲响了第四户农夫家的门。

"谁在那儿？"农夫问。

"是我，狐狸兄弟。"狐狸答道，"请让我在这里借宿一晚吧！"

"但是我们家里即使没有你，也已经太拥挤了！"农夫说。

"我不会让你们更拥挤的。我可以睡在长凳上，尾巴蜷到身子下，小羊牵到壁炉旁。"狐狸说。

于是农夫允许了狐狸借宿。狐狸睡在长凳上，尾巴蜷到身子下，小羊牵到壁炉旁。

第二天一早，狐狸起身吃掉了小羊，然后找来农夫质问：

　　"我的小羊去哪里了？我找不到它啦！你必须给我找一位年轻的妻子作为赔偿！"

　　农夫没法儿找到小羊，只有把他的一个女儿送给狐狸做妻子。

　　"但是，你怎么带走我的女儿呢？"农夫问。

　　"噢，你只需要将她装进一个袋子就行了！"狐狸说道。

　　于是农夫悄悄地把自家的看门狗放进了袋子。

狐狸背起袋子，继续赶它的路。狐狸一直走，一直走，直到累得气喘吁吁，便放下袋子，对它的妻子说：

　　"亲爱的妻子，给我唱首歌吧！"

　　"汪汪汪！"从袋子里竟然发出可怕的狗叫声。狐狸吓了一大跳，飞快地逃进了森林，消失得无影无踪。

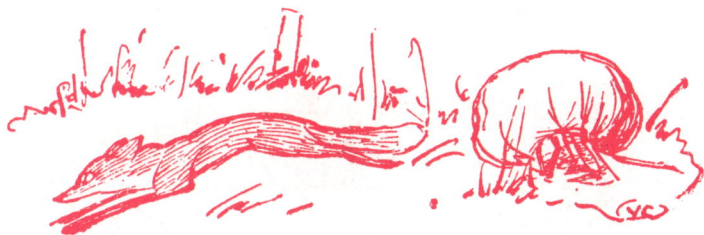

22. 小猴的房子

巨大的棕榈树上，几只小猴子坐在枝叶上，一个紧挨着一个。到了晚上，又是刮风，又是下雨。

小猴子们冷得发抖，彼此挤挨得更紧了。

"哦不！我们真的不能再这样过下去了！"它们说，"我们必须建造属于自己的房子，这样就不会再遭受风吹雨打了。"

可是它们只是坐在棕榈树上，一边冷得发抖，一边畅谈它们的建房计划。

第二天早晨，雨停了，太阳挂上了天空。小猴子们的皮毛干了，身子也变暖和了，高兴得欢呼雀跃。它们从这棵树跳到那棵树，互相追逐嬉闹，并且采摘果子吃。

一天就这样过去了。到了晚上，刮起了寒风，雨也淅淅沥沥地下起来。小猴子们再次住到了棕榈树上。它们互相紧挨着，冷得牙齿打战。它们说：

"我们真的不能再继续这样过啦！显然，我们应该为自己建造一座房子——一座漂亮的房子，有墙，有屋顶，可以阻挡风雨飘进来。我们真的要建造一座房子！"

早晨来临了。雨停了，太阳升起来。那些小猴子的皮毛晒干了，身子也暖和了。它们又开始嬉戏打闹，在树枝间你追我赶，或者享受美味的果子。

很快，夜晚再次降临。刮起了风，下起了雨。小猴子们聚集在棕榈树上，互相紧挨着，又讨论起它们的房子。

"当然，我们每一个成员都知道，我们必须建造一座房子！——一座坚固的好房子，它能住上很长时间，风刮不进来，雨也淋不透。我们将建造一座房子，漂亮的、坚固的房子！"

但是，每天晚上都一样——小猴子们全都蹲在棕榈树上，冷得发抖，互相紧挨着，畅想着它们的建房计划。

而每当太阳重新升起——小猴子们又开始在树枝间追逐、嬉戏、采摘果子吃。

23. 公鸡和豆子

有一天，一只公鸡在鸡笼边的泥土里发现一粒豆子。

它想吃这粒豆子，哪知道这粒豆子太大，将它的喉咙噎住了。它只得直挺挺地躺在地上，几乎不能呼吸。

它的女主人看见了，跑来问它："公鸡先生，你为什么躺在地上？差不多连呼吸也要停止了。"

公鸡说："我吃豆子被噎着了，请你赶快到母牛那里去给我讨点黄油来吧！"

女主人到母牛那边说："亲爱的母牛，请你给我些黄油吧。我的公鸡躺在地上不能呼吸了，因为它给豆子噎着了。"

母牛回答说："请你先到农夫那边，去给我要些稻草来吧！"

女主人再到农夫那边说："好心的农夫，请给我些稻草吧！母牛有了稻草，可以给公鸡黄油，因为我的公鸡被豆子噎着了，快要不能呼吸了。"

农夫回答说："请你先到烤炉那边去，给我们取些面包来！"

女主人再到烤炉那边说："炉子，炉子，请你给我些面包吧！农夫有了面包，可以给母牛稻草；母牛有了稻草，可以给公鸡黄油。公鸡躺在地上不能呼吸了，有了黄油就不会被豆子噎死。"

炉子回答说："请你先到樵夫那边去，给我取些柴火来！"

女主人再到樵夫那边说："请你给我些柴火吧！炉子有了柴火，可以给农夫面包；农夫有了面包，可以给母牛稻草；母牛有了稻草，可以给公鸡黄油。公鸡躺在地上不能呼吸了，有了黄油就不会被豆子噎死。"

樵夫回答说："没有家伙，叫我怎样砍柴火？请你先到铁匠那边去，给我买把斧头来！"

女主人再到铁匠那边说："铁匠，铁匠！请你给我一把斧头吧！樵夫有了斧头，可以去砍柴火；炉子有了柴火，可以给农夫面包；农夫有了面包，可以给母牛稻草；母牛有了稻草，可以给公鸡黄油。公鸡躺在地上不能呼吸了，有了黄油就不会被豆子噎死。"

铁匠回答说："请你先到树林去给我取些焦炭来！"

女主人到树林里捡了树枝，烧成了焦炭。她拿了焦炭去给铁匠，铁匠便给了她一把斧头。她拿了斧头去给樵夫，樵夫便给了她一些柴火。她拿了柴火去给炉子，炉子便给了她一些面包。她拿了面包去给农夫，农夫便给了她一些稻草。她拿了稻草去给母牛，母牛便给了她一些黄油。她拿了黄油去给公鸡，公鸡吃了黄油，豆子就一下滑到了肚子里。公鸡很快地跳起来，还喔喔喔地叫个不停。

24. 狐狸、公鸡和仙鹤

有一天，狐狸钻到一个农场，想去找几只小鸡吃，哪知道一只公鸡飞到篱笆上，张开喉咙，拼命地大叫起来。

村庄里的老头子和老太婆听到了，立即拿着家伙赶了出来。狐狸一见老头子和老太婆，就赶紧逃回森林里去了。

后来那只公鸡走到田里去散步，哪知道不凑巧，碰到了那只狐狸。狐狸立刻捉住了它，并且说："小公鸡，你为什么不叫主人请我吃个饱？作为惩罚，现在我只得吃你了！"

"啊！好狐狸！好狐狸！你不要吃我！你现在放了我，下次你

再到农场来，我就不叫了。"

　　狐狸想了想，便松了爪子，公鸡便飞到树上，张了张翅膀，说："好狐狸！你应该记得，你第一次逃了命，下次你再来，性命就不保了！"

　　狐狸听了很生气，可是没法，肚子越来越饿了，只得慢慢地跑开了。它跑过田地，遇到一只仙鹤。仙鹤问它："你为什么看起来好像很不高兴的样子？"

　　狐狸回答说："我不高兴，是因为有一只小鸡开我的玩笑；现

在它飞到树上，我捉不到它啦。"

　　仙鹤说："啊！亲爱的狐狸，这都是因为你不会飞。你要我教你吗？"

　　狐狸说："啊，当然，这还用说吗？亲爱的仙鹤，请你好心教教我吧！"

　　仙鹤说："很好，那么你先趴在我的背上吧。"

等到狐狸趴在仙鹤的背上，仙鹤就飞，飞，飞，飞到了很高的地方，哪知道它故意将身子一斜，狐狸便顺势跌到地上，跌得半死不活的。

仙鹤又问它："狐狸！你现在还喜欢飞吗？"

狐狸气息奄奄地说："噢，飞的感觉真好！可是跌下来，我差不多只有半条命了！"

25. 饥饿的笨狼

从前有一只大狼，它非常非常饿，便到草原上看看有什么可以饱餐一顿。走了一会儿，它看见一只小羊正在吃草。它便走上去对小羊说："亲爱的小羊，可爱的小羊，我要吃掉你！"

但是小羊说："你是谁？我倒要知道，你为什么要吃我？"

狼说："我是一只狼，我饿了，我要找晚餐吃。"

小羊说："啊？你哪里是狼！你不过是一只狗罢了。"

狼说："不，我不是狗，我是狼！"

小羊说："好吧！假如你真的是狼，请你站在山脚下，张开你

的大嘴巴，我从山上冲下来，直接冲进你的嘴巴让你吃。"

　　狼说："太好了！"

　　狼便好好地站在山脚下，张开它的大嘴巴。同时，小羊登上山顶，非常快地冲下山来，使劲用羊角撞到狼身上。

　　狼被撞到地上滚了几圈，痛得差点晕过去。羊见狼倒在地上，立即逃了回去。狼全身的骨头都像散了架一样痛，它慢慢爬起，四

处张望，早已没了羊的影子。

"唉，我真蠢！"它说，"有谁见过小羊自愿跳进狼的嘴里给它吃的吗？"它只得耐着饥饿再去找猎物。

没跑多远，它碰见一匹正在草地吃草的马。它对马说："亲爱的马，可爱的马！我要吃掉你！"

但是马说："你是谁？我倒要知道，你为什么要吃我？"

狼说："我是一只狼。"

马回答说："请你再想想看吧！我知道，你不过是一只狗罢了！"

"我不是狗，"狼说，"我是狼！"

马说："哦，如果你确定你真的是狼，那就算是吧。不过我长得不够肥，你不如从我的尾巴吃起，同时我多吃点草，我的身子肥了，你吃起来味道更好。"

于是狼走到马的身后，正要开口吃马尾巴，哪知道马狠狠地蹬了狼一蹄子，便拼命地跑开了。狼被踢得滚了几圈，痛极了。它坐

在地上想：啊，我真蠢！有谁听说过吃马是从尾巴吃起的？它只得饿着肚子继续找食吃。

狼跑，跑，跑，忽然在路上见一只猪迎面走来。它走过去对猪说："亲爱的猪！可爱的猪！我要吃掉你！"

但是猪说："你是谁？我倒要知道，你为什么要吃我？"

狼说："我是一只狼。"

猪说："这种奇怪的狼，我从没有看见过，你恐怕是只狗吧？"

狼说："我不是狗，我是狼！"

猪说："好吧好吧，那你就先坐在我的背上，然后就可以吃我

了！”

　　狼骑在猪的背上，非常得意，哪知道猪背上它，一直向村庄跑去。

　　一到村口，许多狗看见狼来了，便向狼直冲过去。狼见一群狗冲过来咬它，便飞快地逃回到了森林。

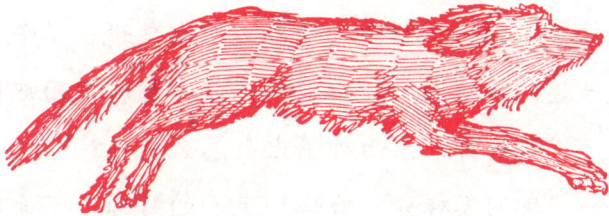

26. 农夫和大熊

　　从前有一个农夫，他的老太婆和亲戚都死了。无论在家里还是在田里，他总找不到一个帮手。所以他对大熊说："喂，好朋友！让我们住在一起，将花园打理干净，一起来种些东西吧！"

　　大熊问："那么将来东西种了出来怎么分呢？"

　　农夫说："我们怎样分？哈哈！上面的给你，下面的给我，那岂不是容易吗？"

　　大熊说："好，就这样算吧！"

　　后来他们种了些萝卜，萝卜长得非常好，而且大熊也工作得非常起劲。在收获的时候，他们将所有的萝卜头聚在一起，预备分配了。农夫说："上面的是你的，是不是？"

大熊说："是的，怎么样？"

农夫便将萝卜叶子割下来给大熊，他自己得了下面的萝卜。

大熊知道自己上了当，只得坐下来，舔舔脚爪，一点没有办法。

春天来到，农夫又去找大熊了，他说："喂，老朋友！让我们再来合作吧！"

大熊说："也好，不过这一次要注意，上面的给你，下面的给我了。"

农夫回答说："好的。"

这次他们种了些麦子，麦子成熟了，长得很饱满，看起来真是美丽。结果，农夫得到了上面的麦穗，大熊一点好东西没得到。

　　"好！好！永远再见吧！你也太聪明了，我是不会再和你合作
了！"大熊对农夫说了这几句话，便慢慢地回到森林去了。

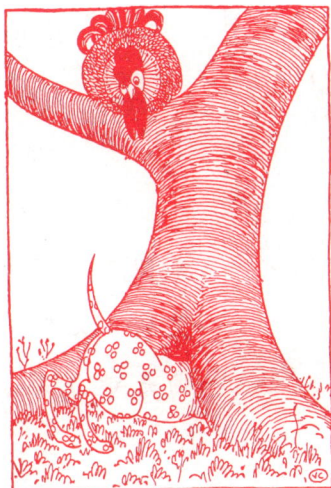

27. 花狗和公鸡

有一个夏天，一个乡下人因为收成不好，没有东西喂他的公鸡和狗。

狗对公鸡说："喂！好兄弟！我想我们到树林去，总比在主人家里能够多吃一点吧？"

公鸡回答说："那是一定的，那我们就去吧！"

它们对主人说了再会，便一直向树林走去。它们走啊走，走了许多的路，竟找不到一个地方可以休息。天黑了，公鸡说："让我们在树上过夜吧！我蹲在树枝上，你躲在树洞里。"

公鸡蹲在树上，不久就呼呼地睡熟了。狗也在树洞里美美地睡着了。睡了一整夜，直到早晨，东方刚刚发白，公鸡便大声啼鸣：

醒来喽！醒来喽！

太阳已经出来了，

太阳已经出来了！

它叫得那么响，惊醒了洞里的狐狸。狐狸想：怎么？怎么？树林里来了公鸡。这岂不奇怪吗？它恐怕是迷了路，回不到自己的家了吧？

狐狸左右张望，不见公鸡。后来它见公鸡站在树上。它对自己说："哈哈！这倒是一顿很好的大餐，但是怎样可以使它下来呢？"

狐狸走到树边，对公鸡说："你这只公鸡真好看！我从来没有看见过这样好看的公鸡！啊！你的羽毛，跟黄金似的，多么可爱！再看你的尾巴，又是这样美丽！再听你的声音，叫起来又多么好听！即使整天整夜地听你啼叫，也不会觉得厌

倦！你为什么不飞下来和我亲近一点，让我也可以对你更加好一点呢？而且我记得，今天我家有事，还预备着许多好吃的东西，好喝的东西，走吧，你是多么受欢迎啊！让我们一块儿回家去吧！"

公鸡回答说："等一会儿，好朋友，我一定来。不过我必须和我的同伴一起来，因为我们是一起的！"

狐狸问："你的同伴在什么地方呢？"

公鸡说："它在树洞里。"

狐狸以为它的同伴也是一只公鸡，便将头探进洞里。说时迟那时快，狗也伸出头来，一见狐狸，就咬住了它的鼻子，死也不肯放。

28. 熊和老头子的女儿

从前有个老头子，他有三个女儿。一天，老头子对三个女儿说："女儿们，现在我去树林里犁地了，你们烤个面包给我送到林子里。"

"但是我们怎样能够找到你呢，爸爸？"女儿们问。

老头子说："我去的时候，会沿路削一些木片，丢在地上做标记，你们顺着木片就可找到我。"

老头子去了。他骑着马，一路走，一路削了一片一片的木片在地上。哪知道一只熊跟来了。它看见木片，就一路拾了起来。它回

到窝里的时候，沿路也将木片一片一片地丢在路上。

中午时分，面包烤好了。大女儿对小女儿说："你赶快拿面包去给爸爸吧！"小女儿问："我怎样才能找到爸爸呢？"大女儿回答说："爸爸去的时候沿路丢了很多木片，你顺着一片一片的木片走就好了。"小女儿拿了面包，一直顺着路上的木片走，哪知道她一直走到了熊窝里。

熊看见小女儿来了，说："噢，这么漂亮的小女孩来看我了！"

　　第二天，老头子又要去树林里种田了，他对女儿说："乖女儿，聪明的女儿！我去了之后，你们好好地烤个面包，等一会儿送到田里来给我吃！"

　　女儿们问："我们怎样能够找到你呢？"

　　他回答说："昨天我将木片一片一片丢在路上，今天我将它们两片两片地丢在路上，你们跟着木片就可以找到我了。"

　　老头子又出去了。他一路走，一路将木片两片两片地丢在路上。熊又来了，它将所有的木片拾了起来。回到窝的时候，它又是一面走，一面将木片两片两片地丢在路上。

结果，第二个女儿也拿了面包，跟着木片，一直走到了熊窝里。

熊见了她说："噢，又是一个小女孩来看我了！"

第三天，老头子又去树林里种田了，他对女儿说："乖女儿，我去犁地了，你给我好好地烤个面包，等一会儿送到田里来给我吃。我沿路将木片三片三片地丢在地上做标记。"

老头子出去了，一面走，一面将木片三片三片地沿路丢着。熊又来了，看见木片，将所有的木片都拾了起来。它走回窝去，也将木片三片三片地沿路丢着。等到大女儿出来，她也跟着木片，一直走到了熊窝里。

熊看见了她说："哈哈！现在是第三个小女孩到窝里来看我了！"

三个女儿都到了熊窝，和熊住在一起。

有一天，大女儿对熊说："大熊，大熊，我做些馅饼给爸爸，

你背着馅饼去送给我爸爸，好吗？"

熊回答说："好啊，好啊！那么，我给你爸爸拿去吧！"

大女儿偷偷地将小妹妹装进袋子里，对熊说："大熊，大熊，请你将这袋馅饼送给我的爸爸吃。不过你要留意，在路上你自己是不可以吃的。"

熊背着袋子，出去找那老头子。它一路走，一路自言自语："假如我在树根上坐一会儿，假如我只吃小小的一块，应该可以吧？"

小女儿在袋子里听到它的话，便说："不行，不行！不可以坐在树根上，也不可以吃馅饼！"

熊以为是大女儿在说话，它想：真奇怪！我已经走得这么远了，她还能听到我说话！熊只好一直走一直走，不知不觉走到老头子的院子里，忽然有许多狗冲了出来，对着它大叫。它慌忙将袋子丢下，快快地逃回窝里了。

大女儿见了熊，问道："我的爸爸欢迎你了吗？有没有给你好吃的？"

熊说："他没有给我什么东西吃，不过狗儿们很大声地欢迎了我。"

第二天，大女儿又对熊说了："大熊，请你再带些馅饼给我的爸爸吃吧！"她便将第二个妹妹偷偷地放进袋里，扎了起来。熊背着袋子向村里走去。

熊穿过森林的时候，它一路自言自语："假使我在树根上坐一会儿，假使我只吃小小的一块，应该可以吧？"

二女儿在袋子里听到它的话，便说："不行，不行！不可以坐在树根上，也不可以吃馅饼！"

熊又想：怎么回事？我离开她这么远，她还能够听见我说话，叫我不要吃馅饼！

熊背着袋子到了老头子的院里，狗又冲了出来，吓得它立即将袋子丢下，撒开腿逃回家去了。

熊回到窝里，大女儿又问："大熊，他们很热情地欢迎你了吗？他们给你吃了什么东西吗？"

熊说："他们非常热情地欢迎我，给了我许多许多东西吃，我真是很难忘记哩！"

又过了一天，大女儿对熊说了："我再做些馅饼，请你送去给我的爸爸吃吧。"她说完，自己便偷偷地爬进袋子。

　　熊背着袋子上了路。路上，熊又对自己说："我应该在树根上坐一会儿，并吃一块小馅饼吧！"

　　大女儿在袋子里听到它的话，便喊了起来："不行！不行！不可以坐在树根上，也不可以吃馅饼。"

　　熊又想：到底怎么回事呢？看哪，我已经走了这么远的路了，她还能听到我讲话吗？

　　后来熊不知不觉走到了老头子的院里，狗一见熊，立即跑了出来咬它，它慌忙地将袋子丢下，赶紧头也不回地逃回了森林。

　　这样，三个好女儿又和她们的爸爸快快活活地住在一起了。

29. 稻草牛

　　从前，有个老头子和老太婆，他们的日子过得很苦。一天，老太婆对老头子说："你用稻草扎一头牛，再将牛的身上涂满柏油。这样我们就有一头牛啦。"

　　老头子于是做了一头稻草牛，将牛的身上涂满了柏油。

　　第二天老太婆起了个大早，将稻草牛赶到了牧场去。她自己在牧场旁边的树下坐着，一面搓亚麻线，一面说："牛儿牛儿快快吃，这里的青草多鲜嫩！"她不停地搓搓搓，搓到后来，自己也睡着了。

　　忽然从茂密的森林里来了一只熊。它跑到稻草牛的前面，看了又看，然后问："你究竟是什么东西？"

　　牛回答它说："我是一头三岁大的牛，我是用稻草扎成的，全身涂满了柏油。"

　　熊说："假如你身上真的涂满了柏油，你可以给我一点去补我身上的破洞吗？"

　　牛说："请便吧！"

　　熊听了很高兴，便用力扑过去想多取点柏油，哪知道熊掌深深地插在柏油里，拔不出来了。它再用另一只熊掌去拉，哪知道第二

只也深深地插在柏油里，拔不出来了。后来它用牙齿去撕咬，哪知道满嘴又涂满了柏油，嘴也被紧紧地粘住了。它左冲右撞，一点办法也没有。

这时，老太婆醒了，看见熊紧紧地粘在稻草牛身上，她立刻跑回家去叫她的老头子："快来！快来！一只熊插在稻草牛里了，快来捉！"老头子手里拿着许多家伙急急地跑来，将熊捉住，把它关进了柴房。

过了一天，太阳刚出来，老太婆又将牛拖到牧场上。她自己坐在树下，一面搓亚麻线，一面说："牛儿牛儿快快吃，这里的青草多鲜嫩！"她不停地搓搓搓，搓到后来，自己也睡着了。

忽然从茂密的森林里来了一只狼。狼走到牛的面前，问："你究竟是什么东西？"

牛回答它说："我是一头三岁大的牛，我是用稻草扎成的，全身涂满了柏油。"

狼说："假如这是真的话，你可以给我一点柏油去补我身上的

破洞吗？"

牛说："当然可以，你要多少就取多少。"

狼听了很高兴，便用力扑过去，想多取点柏油。哪知道它的爪子深深地插在柏油里拔不出来了。它再用另一只爪子去拉它出来，结果两只爪子都插在柏油里拔不出来了。后来它用头撞过去，哪知道头也深深地插在柏油里面了。它左冲右撞，越用力，粘得越紧。

这时，老太婆醒了，看见狼紧紧地粘在稻草牛身上，她立刻跑回家去，叫她的老头子："快来！快来！一只狼粘在牛身上了，快

来捉！"老头子手里拿着许多家伙急急地跑去，将狼捉回去，关进了地窖。

又过了一天，天刚蒙蒙亮，老太婆又将牛赶到牧场上。她自己坐在树下，一面搓亚麻线，一面说："牛儿牛儿快快吃，这里的青草多鲜嫩！"她不停地搓搓搓，搓到后来，自己也睡着了。

忽然从茂密的森林里来了一只狐狸。狐狸走到牛的面前，问：

"你是一种什么怪兽呢？"

牛回答说："我是一头三岁大的牛，我是用稻草扎成的，全身涂满了柏油。"

狐狸说："假如这是真的话，你可以给我一点柏油去擦我的皮毛吗？"

牛说："这当然可以。"

狐狸正要去取柏油，哪知道一碰着柏油，便粘在身上，越挣扎越粘得牢，脱不了身。

这时老太婆醒了，看见狐狸紧紧地粘在稻草牛身上，她立刻跑回家去，叫她的老头子："快来！快来！一只狐狸粘在牛身上了，快来捉！"老头子手里拿着许多家伙急急地跑去，将狐狸捉住，也关进了地窖。

又过了一天，太阳还没有出来，老太婆又将牛赶到牧场上。她自己坐在树下，一面搓亚麻线，一面说："牛儿牛儿快快吃，这里的青草多鲜嫩！"她不停地搓搓搓，搓到后来，自己也睡着了。

忽然从茂密的森林里来了一只灰兔。灰兔走到牛的面前，问："你是一种什么怪兽呢？"

牛回答说："我是一头三岁大的牛，我是用稻草扎成的，全身涂满了柏油。"

灰兔说："假如这是真的话，你可以给我一点柏油去擦我的皮毛吗？"

牛说："这当然可以。"

兔子正要用牙齿去扯柏油，哪知道它的牙齿马上被粘住了。它使劲扯，使劲扯，怎么也无法脱身。

这时老太婆醒了，看见一只灰兔紧紧粘在稻草牛身上，她立刻

跑回家去，叫她的老头子："快来！快来！一只灰兔粘在牛身上了，快来捉！"老头子急急地跑去，将灰兔子捉住，关进了地窖。

第二天，老头子在柴房外开始磨刀了，熊听见便问："你为什么磨刀？"

老头子说："我想从你的背上割块皮下来，给自己做件皮衣。"

熊说："啊！不要割我的皮，你还是放了我吧，我会好好报答你的。"

老头子说："那么，算了吧。不过你可不要忘记！"老头子便放熊回森林了。

然后老头子又在地窖外磨起刀来。狼听到了磨刀的声音，它问："你为什么要磨刀？"

老头子说："我想从你的背上割块皮下来，给自己做件皮衣。"

　　狼说："啊！不要割我的皮，你还是放了我吧，我会好好报答你的。"

　　老头子说："那么，算了吧。不过你可不要忘记！"老头子也放狼回森林了。

　　然后他又磨刀了，狐狸听到了磨刀的声音。它问："你为什么要磨刀？"

　　老头子说："我想从你的背上割块皮下来做皮衣的领子。"

　　狐狸说："啊！不要割我的皮，你还是放了我吧，我会好好报答你的。"

　　老头子说："那么，算了吧。不过你可不要忘记！"老头子便放狐狸回森林了。

　　最后只剩下灰兔了，老头子还在那里磨刀。灰兔听见了问："你为什么要磨刀？"

　　老头子说："我想从你的背上割块皮下来做一双皮手套。"

灰兔说："啊！不要割我的皮，你还是放了我吧，我会好好报答你的。"

老头子说："那么，算了吧。不过你可不要忘记！"老头子便放灰兔回森林了。

第二天早晨一大早，老头子听见大门外有敲门声，就问："你是谁？"

只听见外面回答说："是我，我是熊！我来谢你的。"

老头子开了门，只看见熊捧了一箱蜂蜜来报答他。

老头子刚接了蜂蜜，关上大门，又听见外面咚咚咚的敲门声。他问："你是谁？"

只听见外面回答说："是我，我是狼！我来谢你的。"

老头子开了门，看见狼带着一群绵羊来报答他。

老头子刚将绵羊赶到院子里，又听见外面敲门的声音。他问："你是谁？"

只听见外面回答说："是我，我是狐狸！我来谢你的。"

老头子开了门，看见狐狸带着一大群鸡鸭鹅来报答他。

老头子将鸡鸭鹅赶了进去，刚关上大门，又听见外面敲门的声音，他问："你是谁？"

只听见外面回答说："是我，我是灰兔！我来谢你的。"

老头子开了门，只看见灰兔带着一堆白菜来送他。

从此以后，老头子和老太婆快快活活地过着日子，对这些动物非常友好。

30. 狐狸和乌鸦

从前有一只狐狸，经过树林时掉进了一个很深的陷阱里。它在陷阱里静静地坐着，觉得肚子饿了。它四面看看，一点东西也找不到。向上看看，只看见树上有只乌鸦，正在那里做窝。它对乌鸦说："亲爱的好乌鸦，你在那里做什么？"

乌鸦说："我在这里做窝。"

狐狸问："你为什么要做窝？"

乌鸦说："我要养我的孩子。"

狐狸说："但是我准备吃了你的孩子们。"

乌鸦说："哦，请别吃我的孩子们。"

狐狸说："那么，你快拿别的东西来给我吃，因为我饿了。"

乌鸦听了，很着急，它想：我拿什么东西给狐狸吃呢？它赶紧飞到附近的农家去，叼了一只小鸡回来给狐狸吃。

狐狸吃了小鸡，停了一会儿，问乌鸦："亲爱的乌鸦，你算拿东西给我吃过了吗？"

乌鸦说："是的。"

狐狸说："那么，请你再拿点什么来给我喝吧。"

乌鸦听了，又非常着急，它想：我拿什么东西给狐狸喝呢？它赶紧到附近的农家去，带了一桶水来给狐狸喝。

狐狸喝了水，停了一会儿，又问乌鸦："好乌鸦，你算拿东西给我喝过了吗？"

乌鸦说："是的。"

狐狸说："那么，请你把我从大坑里拉上去吧！"

乌鸦听了，又非常着急。它想：我怎样才能拉狐狸上来呢？它便在森林里衔了树枝一枝一枝地丢进大坑，直到坑里满是树枝，狐狸爬到树枝上，跳出了陷阱。

狐狸一爬出来，便睡

在地上，停了一会儿，它又问乌鸦："亲爱的好乌鸦，你算把我从坑里拉上来了吗？"

乌鸦说："是的。"

狐狸说："那么请你把我逗笑吧！"

乌鸦听了，又非常着急，它想：我怎样才能逗狐狸笑呢？它想了一会儿才说："很好！我告诉你怎样做。我飞到农夫家去，你赶紧跟我来。"

它们两个说好了，乌鸦飞到了一个村庄，在农夫家前面停着。

于是狐狸便在门边躺着。

过了一会儿，乌鸦开始唱道："好主妇！好主妇！请你给块猪油吃！"

狐狸在下面听了说："很好！很好！我也要！"

乌鸦再唱道："好主妇！好主妇！请你给块猪油吃！"

哪知道农夫家的狗听见了，汪汪汪地大叫起来。

狐狸一听见狗叫，便拼命地逃了，一直逃到了森林里。

31. 狐狸和兔子

从前，有一只兔子在森林里造了一间树皮屋，还有一只狐狸，在树皮屋旁边造了一间小冰屋。

这对邻居相处友善，常常互相造访。但是到了春天，天气一天一天地暖和起来。狐狸的小冰屋早化完了，可是兔子的屋子，却仍旧好好地立在那里。

狐狸对兔子说："兔子，兔子，让我到你的屋里来取取暖吧！"

兔子看狐狸很可怜，满口答应了；但是狐狸一走进去，立刻将

兔子赶了出来。

兔子被狐狸赶了出来，哭得非常伤心。

这时，兔子遇见了一只大狼，大狼问：“你为什么哭呀，小兔子？”

“大狼先生，叫我怎么不伤心呢？”兔子回答道，“我在树林里造了一间树皮屋，狐狸在我的旁边也造了一间小冰屋。到了春天，它的房子化完了，就霸占了我的屋子，还将我赶了出来！”

“不要哭！小兔子，不要哭！”大狼说，“我去替你赶它出来。”

大狼说完，便跑到兔子的屋前。它对狐狸说：“狐狸，快快出来！”

狐狸说：“狼先生啊，你还是担心担心自己吧！如果我真的出来，我要将你撕得粉碎！”

大狼听了这句话，心里害怕，就掉转头赶紧逃了。

　　兔子没法，只得一面哭，一面继续往前走。它走到半路，遇见了大熊。大熊问："你为什么哭呀，小兔子？"

　　"大熊先生，叫我怎么不伤心呢？"兔子回答道，"我在树林里造了一间树皮屋，狐狸在我的旁边也造了一间小冰屋。到了春天，狐狸的房子化完了，它就霸占了我的屋子，还将我赶了出来！"

　　大熊说："不要哭，不要哭！小兔子！我去打狐狸一顿，替你赶它出来。"

　　大熊说完便跑到兔子的屋前，对狐狸说道："狐狸，快快出来！"

　　狐狸知道大熊要打它，还要赶它出屋，便回答说："熊先生啊，你还是担心担心自己吧！如果我真的出来，我要将你撕得粉碎！"

　　大熊听了这句话，吓得一点勇气也没有了。它连看也不敢看，回转头来拼命逃走了。

　　兔子没法，只得一面哭，一面继续往前走。它走到半路，遇见

了公鸡。公鸡问："小兔子！你为什么哭？"

"公鸡先生，叫我怎么不伤心呢？"兔子回答道，"我在树林里造了一间树皮屋，狐狸在我的旁边也造了一间小冰屋。到了春天，它的房子化完了，它就霸占了我的屋子，还将我赶了出来！"

公鸡说："不要哭！不要哭！小兔子，我替你想个好法子！"

它跑到兔子的屋前，大声说道："我现在有了这把杀人的大镰

刀，还可以杀狐狸呢！"

狐狸听到这句话，好不害怕，便夹着尾巴拼命地逃走了。

兔子又回到了自己的屋里，真是说不出的快活。它高兴地敲着鼓，跳起舞来。

32. 小羊和大狼

从前有一只山羊，它在森林里造了一间小木屋，在小木屋里抚养自己的孩子们。

小木屋的旁边有许多青草，山羊天天吃青草。它一天一天地吃过去，到后来，将小木屋附近的青草都吃完了，不得不走到更远的地方去找东西吃。它对小羊说："孩子们，我要出去找食物了。你们在家里，将门关好、关紧！随便什么人来，都不要开门！假如你们不听话，大狼来了，会把你们吃掉的！"

山羊出去了，在远远的地方才找到足够的食物，然后急急地赶

了回来。

山羊到了家门口，大声地唱道：

"亲爱的小宝贝，开开门！把门开得大一点！你们的妈妈回来了。妈妈带回许多奶给你们喝，妈妈还带了好多好吃的东西给你们吃。"

小羊听到妈妈的声音，便大打开门，让妈妈进来。

妈妈进来了，把奶给孩子们喝，把东西给孩子们吃。它们喝了，吃了，便躺下来，美美地睡着了。

从这天起，小羊的妈妈天天跑出去，跑到远远的地方给孩子们找食物。

哪知道有一天，大灰狼听到山羊对孩子们唱的歌，它想：为什么我不试试照山羊这样唱歌呢？这样我就可以进山羊的家了。

它先悄悄在房子周围走了一圈，确定山羊已经出门了，于是轻轻地走到门边，开始唱道：

"亲爱的小宝贝，开开门！开门开得大点！你们的妈妈回来了。妈妈带了许多奶来给你们喝，妈妈又带了许多东西来给你们吃。"

小羊们听出这不是妈妈的声音，它们说：

"不！不！我们不开门！你不是我们的妈妈，你是凶恶的大灰狼。你是想来吃我们的，我们不开门！"

大灰狼在门外站了一会儿，没有办法，只得饿着肚子走开了。

不久，山羊回家了。它在门外唱道：

"亲爱的小宝贝，开开门！开门开得大点！你们的妈妈回来了。妈妈带了许多奶来给你们喝，妈妈又带了许多东西来给你们吃。"

小羊们知道这是妈妈的声音，欢快地说："啊！这才是真的妈妈，我们快快开门吧！"

它们开了门，让妈妈进来，将刚刚发生的事情告诉了妈妈。

狼郁闷地在树林里溜达，它想：

"唉，谁知道这些小羊们会这样聪明呢？它们一定听出了我的声音不对，才知道我是大灰狼吧！"

它跑到一家铁匠店，让铁匠给它打造了一根精致的铁管子。它对着铁管子唱歌，声音就和山羊一样了。

大灰狼拿着管子再次跑到山羊的家门边，它唱了起来：

"亲爱的小宝贝，开开门！开门开得大点！你们的妈妈回来了。妈妈带了许多奶来给你们喝，妈妈又带了许多东西来给你们吃。"

小羊们听见这声音，以为是真的妈妈回来了，就开了门，让妈妈进来。谁知道进来的不是妈妈，却是凶恶的大灰狼！

狼一进门，立即将小羊们吃了。

33. 狐狸和仙鹤

从前，有一只狐狸和一只仙鹤成了朋友。狐狸想叫仙鹤去拜访它，便说："好朋友，请你到森林里来看看我吧！如果你肯来，我一定好好地招待你。"

仙鹤到了森林里，狐狸见仙鹤来了，便烧了些汤，盛在餐盘里请仙鹤喝。"好朋友，来喝吧！这汤很鲜，很好喝，你快尝尝，别客气！"

狐狸这样恭敬地请它，仙鹤就到餐盘里去啄，但是啄了很久，一点东西也啄不到。

狐狸一边客气地请仙鹤喝，自己一边拼命地舔。结果，狐狸将餐盘里的汤舔得精光，仙鹤一点也没喝到。

　　狐狸舔完了，坐在旁边，舔舔嘴，伸伸舌头，显出一副很有滋味的样子，还对仙鹤说："啊，好朋友，你真太客气了！假如你没

有喝饱，这也不能怪我。我已经拿我所有的东西来请你，你不喝，真对不起，我没有工夫再烧别的东西请你了。"

　　仙鹤听了，回答说："不要说得这样客气吧！好朋友，多谢你的好意！你什么时候有空，我很希望你也去看看我。朋友应该有来有往的，今天你这么热情地请我，我也应该好好地请请你呀！"

　　过了几天，狐狸也去拜访仙鹤了。

　　仙鹤等狐狸来了，便去烧了些鱼汤，倒在一个长颈瓶子里，拿去请狐狸。"好朋友，来喝吧！这鱼汤很鲜美，希望你有个好胃口！"

　　狐狸在长颈瓶周围转了几转，啊，鱼汤的气味的确很好！它对

着瓶口这边舔舔，那边舔舔，但什么也舔不到。

　　这时，仙鹤把它的长嘴伸进瓶口，呼哧呼哧将所有的鱼汤都喝完了。仙鹤对狐狸说："啊，我喝得太饱了！好朋友，我想你也喝够了！假如你太客气，吃得不够饱，那么只好请你下次再吃了。你不要怪我，我老实对你说，今天我没有工夫再去烧别的东西请你了。"

　　狐狸和仙鹤经过这两次请客，便再也没有从前那样要好了。

34. 狐狸和龙虾

一天，龙虾和狐狸在池塘边争论谁跑得更快。

狐狸说："龙虾，你怎么和我赛跑？你只能向后退，哪能像其他动物一样向前跑呢？"

龙虾说："哎，狐狸，单靠口说有什么用处？我们试试便知道。让我们比一比，看谁先跑到那棵大树边。"

狐狸说："很好，那就比吧！"

狐狸背过身子准备跑时，龙虾用它的大螯一下钳住了狐狸的尾巴。

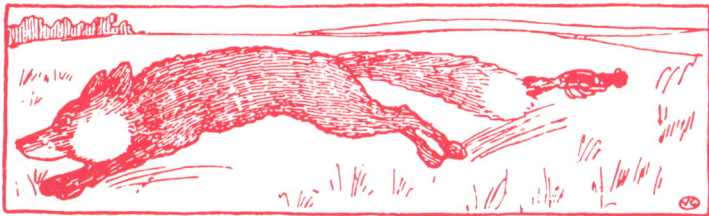

　　狐狸拼命地跑，四脚生风了。它心里想：龙虾多么蠢，怎么同我赛跑？

　　狐狸一到大树下，龙虾便放掉了狐狸的尾巴，静静地趴在树边。

　　龙虾对狐狸说："哈哈，狐狸！我等你好久了，你为什么跑得这样慢？"

　　狐狸回头一看，莫名其妙。它以为龙虾真的跑得比它快。它说："谁会想到有这样的结果？现在我真的相信你啦！"

35. 骆驼和小羊

从前有一只小羊，因为生病了身体虚弱，赶不上羊群，落在了后面。

在路边，小羊看见一块很鲜嫩的草地，它想：假如我在这里吃个饱，就可以增加些力气，那么再赶上去也不迟。

草地上有一只骆驼，也在那里吃青草。它对小羊说："很高兴见到你，小羊！不要客气，多吃些！你会发现这些草真的很好吃。"

它们两个一起享受这块鲜嫩的草地，相处得很好。但是有一天，小羊想走过山那边去吃青草。它想，在山那一边的青草，一定更好吃。骆驼却没有和它一起去。

小羊在山那边吃，吃，吃，正吃得非常快活，忽然来了一只狐狸，它对小羊说："亲爱的小羊，你在这里做什么？"

小羊说："我在这里吃青草，要想恢复点体力。"

狐狸说："你怎么敢吃我的草？你在这里等着！我去请这里的法官和你算账！"狐狸说完，便去叫大灰狼。

"狼兄，快快来！那面有一只小羊，没有牧羊人照看，它虽没有多大，但也够我们饱餐一顿了。"

这边小羊也赶紧跑过山头，找到骆驼说："骆驼大哥！快过去！山那边有些凶恶的野兽，因为我吃了那里的草，要和我算账。你比我聪明，请你去帮我和它们好好讲讲。"

骆驼说："好，我就来，你先去。"

小羊跑过山头，狐狸和狼也到了。

狼说："你为什么在这里吃草？你不知道这是狐狸的草地吗？

它早就请我看管这块地，我现在要和你算账了！"

小羊问："那么要我付多少钱？"

狼说："凭我的锋牙利齿，要你付多少，你就得付多少！"

狼一面说，一面用牙齿去咬住小羊。这时候骆驼及时赶到了，它从背后咬住大狼，将它高高地叼了起来。

躲到一边的狐狸看见好事弄糟了，心里说："这账看来是算不成了，我还是赶紧溜了吧！"于是三步并两步地逃走了。

36. 脾气古怪的山羊

一天，有个乡下老头子到市场上去买了一只山羊，带回家来，对他的大儿子说："你看，我买了多么好的一只山羊！你带它到田里去吃草吧。"

他的大儿子让山羊吃得很好，到了晚上又带它回家。山羊在门边碰见了老头子。老头子问："亲爱的小羊，漂亮的小羊！今天你吃饱了吗？"

山羊说："我一点也没有喝，一点也没有吃。幸好经过石桥，我捡到了一张烂树叶吃；后来跑到河岸边，我喝了一口污泥水。这

就是我今天吃的所有食物。"老头子听了很生气，将他的大儿子赶了出去。

第二天，老头子叫小儿子带山羊到田里去吃草。等到晚上，小儿子带羊回来了。老头子在门边碰见了山羊，又问："亲爱的小羊，漂亮的小羊！今天你吃饱了吗？"

山羊说："我一点也没有喝，一点也没有吃。幸好经过石桥，我捡到了一张烂树叶吃；后来跑到河岸边，我喝了一口污泥水。这就是我今天吃的所有食物。"老头子听了很生气，将他的小儿子也赶了出去。

第三天，老头子叫他的老太婆带山羊出去吃草。他说："你可要仔细了！给羊吃好些！给羊吃个饱！"老太婆带山羊出去，让它吃得好，让它吃个饱。到了晚上，老太婆带了羊回来。这时老头子又在门边问山羊："亲爱的小羊，漂亮的小羊！今天你吃饱了吗？"

山羊说："我一点也没有喝，一点也没有吃。幸好经过石桥，我捡到了一张烂树叶吃；后来跑到河岸边，我喝了一口污泥水。这就是我今天吃的所有食物。"老头子听了很生气，将他的老太婆也赶了出去。

第四天，老头子只得自己带山羊出去。他给小羊吃得很好，给小羊也吃了个饱。到了晚上，他带山羊回来。在快要到家的时候，他快快地跑上前去，站在门边。等山羊进来，老头子问："亲爱的小羊，漂亮的小羊！今天你吃饱了吗？"

山羊说："我一点也没有喝，一点也没有吃。幸好经过石桥，我捡到了一张烂树叶吃；后来跑到河岸边，我喝了一口污泥水。这就是我今天吃的所有食物。"

老头子听了很生气，他立刻跑到铁匠店里，买了一把刀要剥山羊的皮。他这面割了一块，那面割了一块，结果刀割断了，他到铁匠店里去修刀。趁着这个机会，山羊挣脱了绳索，带着满身的伤痕逃了出去。

山羊逃到树林里，看见狐狸的房子，便一直跑了进去，霸占了

小屋。

狐狸回来，只听见小羊在里面唱："我是脾气古怪暴躁的山羊，我满身都受了伤！有人要买我，还不值三块钱。但是我有尖角可以抵死你，我有硬蹄可以踏死你，我有尾巴可以赶走你。"

狐狸听了真害怕，快快地逃开了，坐在树下一点没办法。这时候忽然来了一只狼，狐狸一面哭，一面对它说："狼大哥！我家里来了一个很可怕的野兽，请你帮我把它赶出去！"

狼听了，立刻替它去赶羊。但是狼到了狐狸家的门口，也听见山羊在那里唱："我是脾气古怪暴躁的山羊，我满身都受了伤！有人

要买我，还不值三块钱。但是我
有尖角可以抵死你，我有硬蹄可
以踏死你，我有尾巴可以赶走
你。"

狼也觉得很可怕，不敢去赶
了，自己也快快地逃到森林里去
了。

狐狸坐在大树下，正苦于没
有办法，一只狮子来了。它便开
口说："狮子大哥！我家来了可
怕的野兽，请你帮我把它赶出
去！"

狮子便替狐狸去赶羊。一到
门边，它便问："谁敢没有主人的允许，进来霸占这房子？"

山羊对狮子说："我是脾气古怪暴躁的山羊，我满身都受了

伤！有人要买我，还不值三块钱。但是我有尖角可以抵死你，我有硬蹄可以踏死你，我有尾巴可以赶走你。"

狮子也觉得很可怕，立刻逃开了。它对狐狸说："不不，狐狸兄弟，我没法赶走这个野兽，它比我厉害多了！"

狐狸坐在大树下，正苦于没办法，来了一只公鸡。它便开口说："公鸡大哥，我家来了一个可怕的野兽，请你帮我把它赶出去！"

公鸡答应了，走到狐狸的房子边，唱道："咯咯哒——咯咯哒！我有两条大长腿，我有一双红尖爪，我还有一副大铁钩。坏脾气的山羊呀，假如你不走，我要立刻钩下你的头！"

山羊一听，害怕极了，双腿一软，竟然跌倒在地上昏死过去。

狐狸要回了房子，它和公鸡两个便快快活活地住在一起了。

37. 狐狸和渔夫

冬天里的一天，有个渔夫从河里捉了许多鱼，放在他的雪橇里，用草席盖上。他想将鱼拉回家去做汤喝。哪知道雪橇经过树林的时候，一只狐狸正巧在附近溜达。它闻到一股诱人的鱼腥味，心里想：我好久没有尝到鱼的味道了！

它便快快地跑上前去，躺在雪橇必经的路上，假装死去的样子。

渔夫赶着雪橇过来了，看见狐狸躺在路上，以为它真的死

了，他说："哈哈，太好了！这狐狸的皮，剥下来给我的老太婆做条狐狸皮的大衣领，倒是很好啊。"他将狐狸提了起来，放在雪橇后面，又继续向前赶去。

狐狸上了雪橇，偷偷地将鱼一条一条丢了下去，等到所有的鱼都丢了下去，它自己再跳下雪橇来，将鱼收集起来。

渔夫到了家，真是快活。他对老太婆说："你去看！我给你买了很好看的皮领子呢！你有狐狸皮穿了！"

老太婆问："在什么地方？"

"在什么地方？你没看见？它在雪橇上嘛，上面还有好多鱼

哩！"

老太婆仔细找了一圈，找不到鱼，也找不到狐狸皮，顿时大发脾气，大骂老头子："你真是个老傻瓜！谁听过这么荒唐的事！你何必这样和我开玩笑呢？"

渔夫自己在车上找了半天，狐狸找不到，满车的鱼也不见了。这时他才明白，狐狸并没有死，他上了狐狸的当了。渔夫气急败坏，但也无可奈何了。

38. 老狼钓鱼

狐狸用了计策将农夫的鱼偷偷地丢下了雪橇，再拾起来，堆在一起。

它正想大吃一顿的时候，一只老狼忽然来了。老狼一眼就看见了狐狸和那堆鱼。它说："哈哈，你在哪里捉了这么多好鱼，还不请我尝点吗？"

"哦，不行！"狐狸拒绝道，"狼兄，想要尝好鱼，你为什么自己不去捉呢？"

"但是我不知道怎样捉。"老狼说。

狐狸说："这有什么难！你学我好了。你先到河里去，把你的尾巴伸进冰洞里，你等着，一定会有许多鱼挂在你的尾巴上！"老狼听了它的话，便走到结了冰的河面上，将尾巴伸进冰洞里，坐下来静静地等着。

狐狸吃完了鱼，才走来对老狼说："喂，狼兄！你捉到了鱼没有？"

老狼哆嗦着说："我想鱼已经在那里咬我的尾巴了；不过，你要知道，这是很冷的工作啊！"

狐狸绕着老狼一面跳，一面小声地唱着：

"老天晴，空气清，老狼的尾巴快冻住！"

老狼问："狐狸小弟，你在唱什么？"

狐狸说："哈哈！我唱的是'鱼啊！鱼啊！水里所有的鱼，大

大小小，都被老狼捉！’”

老狼说：“假如果真是你唱的那样，那就太好了！”

老狼又坐着等了一会儿，狐狸再绕着它一面跳，一面小声地唱着：

“老天晴，空气清，老狼的尾巴快冻住！”

老狼又问：“狐狸小弟，你在唱什么？”

狐狸说：“哈哈！我唱的是‘鱼啊！鱼啊！水里所有的鱼，大大小小，都被老狼捉！’”

狐狸看老狼的尾巴已经冻得很牢了，才说：“狼兄，你试试看，看你是不是已经捉到了很多鱼？”

老狼试着要将尾巴拖出水面来，但却非常困难。它说：“狐狸小弟，尾巴上一定有很多的大鱼，我想我自己拉不上来了。”

狐狸说：“好！好！不要紧！不要紧！你坐在这里，我给你去请帮手吧！”

狐狸说完了，便跑到村里大声喊着：“大家快去看！快去看！一只大狼坐在冰洞边，它的尾巴给冻住了！”

村里的人立刻赶了出来，有的拿镰刀，有的拿铁锹，还有的拿

煤叉，大家一起朝冰洞跑去。

老狼看见许多村里的人都向它跑来，便拼命将自己的尾巴一拽，竟将尾巴拽断了。但是它却顾不得那拽断的尾巴，急急地逃回到森林里去了。

39. 被忘记的老友

　　从前有一只狼，被许多猎狗追得拼命逃，一直逃到了森林里。

　　森林里有个农夫正在砍树。狼对他说："请你将我藏起来吧，后面有许多猎狗追来，要吃掉我！"

农夫说："我有什么地方可以给你躲？我这里只有一只袋子，如果你愿意，就快快爬进袋里去。"

狼快快地爬进袋里去。农夫缚好了袋口，将袋子靠在树下。

猎狗跑来了，四处都找不着狼。猎狗问："喂，农夫！你看见狼经过了吗？我们正追捕它！"

农夫说："我没有看见过狼。"猎狗便继续向前跑去。

猎狗远远地跑开了，农夫把狼放出来，对它说："好了，你现在赶快逃命吧！"

"谢谢你救了我的命！但是现在我可要吃了你。"狼说。

"什么话！你要吃掉我？"农夫斥责道，"我不是刚刚救了你的命吗？"

"你救不救命都没什么区别！"狼说，"老朋友可是很容易忘

记的呀。"

　　农夫说："'老朋友是很容易忘记的'，我不懂这句话！你去随便问谁，看他们说这话对不对。假如他们说'老朋友是很容易忘记的'，那么我就甘愿让你吃掉！"

　　狼说："好啊，一言为定！"

　　他们便一同走去。

　　他们在路上遇见一匹马。马正在吃草。

　　他们问："你可知道老朋友是很容易忘记的吗？"

　　马说："唉！我在主人的家里，做了二十年的工，我没有一天不尽力，现在我老了，眼睛也看不见了，主人便将我赶了出来。这样说来，老朋友的确是很容易忘记的。"

　　"你听！你听！我的话对了吧！现在你让我吃了你吧！"狼听

了便对农夫说。

农夫说：“这句话肯定不对，让我们再去问下一个！”

狼答应了。他们又往前走，遇到了一只大狗。他们问：“你可知道老朋友是很容易忘记的吗？”

狗说：“唉！我给主人看了十五年的门，在这十五年里，我整夜守护，直到天亮，没有贼来偷，没有盗来抢；但是现在我老了，耳朵也聋了，主人便将我打出来。你们看，老朋友的确是很容易忘记的！”

狼听了又对农夫说：“你听！你听！我的话又对了！现在你只

好让我吃了！"

　　农夫再苦苦地哀求狼，要狼再去试最后一个。他说："假如最后这个也是这样说，那么这句话一定是对的了。你要我怎样，我便让你怎样好了。"

　　他们说好了，再一起向前走。

　　走到半路，遇到一只狐狸。他们问："你可知道老朋友是很容易忘记的吗？"

　　"你们为什么要问这句话？"狐狸反问道。

　　农夫说："你且听我说！这只狼因为一群猎狗追它，想要吃掉它，哀求我将它藏起来。我将它藏在袋子里靠在大树后面，它才捡了一条命。哪知道它被我救了，却说老朋友是很容易忘记的，所以要吃掉我。"

　　狐狸听了说："我不信，我不信，它怎么可能钻得进袋子？你怎么能够将这么大的狼藏在袋子里？"

　　狼很生气地说："我怎么不能？我怎么不能？"

　　狐狸说："好啊，那么就请你做给我看！"

　　狼立即爬进袋子。这时狐狸便对农夫说："你现在可以捆紧它了。"农夫急忙将袋口捆牢了，狼便不能出来了。

　　狐狸又对农夫说："现在我想知道，你们在丰收的时候是怎样打稻子的。"农夫便取了一根大棍子，在袋子上重重地击打了几下，直到狼被打得半死。

40. 田里的小房子

　　有一天，一个农夫赶着马车经过田野，一个大口的瓶子从车上滚了下来，倒在田里。

　　不久，一只小老鼠走来，看见大口瓶倒在那里，它想：这是多么好的一间房子呀，不知道有谁住在那里？

　　小老鼠说："小房子，小房子，有谁住在里面？"

　　一点声音都没有。小老鼠偷偷地向里面看了看，里面谁也没有。

　　"哦，我就住在这里吧！"它说完，便走了进去，住在那里。

一只青蛙从田里跳了过来。它问："小房子，小房子，有谁住在里面？"

　　"我住在里面，我是小老鼠。请问你是谁？"

　　"我是小青蛙。"

　　"请进来，让我们住在一起吧。"

　　"真是太好了！"青蛙便跳进了大口瓶，和老鼠住在一起。

　　一只兔子从草丛里跑了过来，它问："小房子，小房子，有谁住在里面？"

　　"我们都住在里面，我们是小青蛙和小老鼠。请问你是谁？"

　　"我是小兔子。我从山上来，我也可以进来吗？"

"可以的，进来吧！这里还有空地方。你也和我们住在一起吧。"

一只狐狸从树林里跑过来，问道："小房子，小房子，有谁住在这里面？"

"小兔子、小青蛙、小老鼠，我们都住在这里。请问你的大名？"

"它们叫我小狐狸。"

"那么你也和我们在这里一起住吧。"

"好啊！"狐狸钻进了瓶口，它们四个便住在了一起。

它们一起住了很久。有一天，忽然从森林里来了一只大熊。它问："小房子，小房子，有谁住在里面？"

"小狐狸、小兔子、小青蛙、小老鼠，我们都住在这里。你是谁？"

"我是你们的好朋友。"大熊一面说，一面坐在瓶上。哪知道大熊身体重，瓶子给它坐破了。小狐狸、小兔子、小青蛙、小老鼠，赶紧从瓶里逃了出来。

41. 猫咪、公鸡和狐狸

从前有一个老公公，他养了一只猫咪，还有一只公鸡。

这只猫咪和老公公住得无聊了，对公鸡说："我们到树林里去住吧，那里好。"鸡说："好吧。"它们便离开了老公公。

在树林里，它们找到了一间破草屋，便一同住在里面。后来，猫咪出去找食物了，忽然来了一只狐狸，狐狸闻到了公鸡的气味。

于是它坐在草屋外唱道："亲爱的公鸡，你好呀！快快开窗门，我来送点粥给你吃。"

公鸡听了觉得奇怪。它想：谁唱得这么好听？它开了窗门，伸

头向路边一望，便被狐狸捉住了。

狐狸叼着公鸡，飞快地跑回去。公鸡哭着大叫："猫咪快来，猫咪快来！狐狸要把我叼去了！它要经过树林，经过大海，经过高山，到遥远的地方去了！猫阿哥，快快来！快快来救我的命！"

猫咪听见公鸡的呼救，马上赶过来，拼命在后面追。狐狸看见猫咪追来，只好丢了公鸡，自己快快地逃走了。猫咪和公鸡又回到了草屋里。

第二天，猫咪又出去找食吃。它对公鸡说："现在你要小心

了，好兄弟，不要再相信狐狸，不要再打开窗门。不听我的话，它又要捉你去，把你背得远远的，就是你拼命地叫，我也听不见你的声音了。”

猫咪离开了不久，狐狸又来了。它坐在窗下又开始唱道："小公鸡，小公鸡，请打开你的窗门，我给你吃点青豆豆！"

公鸡很喜欢青豆，但是不敢开窗。

它想：青豆是很好吃，但是这狡猾的狐狸，又想拿青豆来骗我！

狐狸还是唱着："你打开你的窗门，我给你吃点青豆豆。"公鸡在屋里走来走去，犹豫了一阵子，对自己说："我不开，我不开，我不开窗门，我不

要开窗去看它！"

狐狸继续唱着："哦，真是新鲜事儿啊！在山脚下，在农夫的房子外面，停着一架雪橇，谁知道有一天这架雪橇自己动起来了！"

公鸡忍不住好奇心，心想：雪橇怎么自己会动起来的？我从来没有看见过。我何不偷偷看一眼？

它轻轻地把窗门开了一条缝，头才伸出，还没弄明白是怎么一回事，便立即被狐狸抓住了。它大声呼叫它的猫阿哥，但是猫哥哥已经走得远远的，一点也听不见了。

狐狸抓住了公鸡，跑到树林深处，将它放下来，再拔去了它的毛，美美地饱餐了一顿。

猫咪回到家门口，它叫着公鸡说："开门，好兄弟，让阿哥进来吧！"门没开，猫咪在房子四周转了一圈，看见窗户开着，里面一点声音也没有。它猜着了，它知道它的小兄弟一定是给狐狸拖去

了。它便四面八方去找，找，找，找……唉，哪里找得到！它找到的只是几根羽毛，便坐下来很伤心地哭了一场。

　　猫咪没有了公鸡陪伴，觉得很是孤单，它只好又回到老公公的家里。老公公见猫咪回家了，非常欢喜。

42. 狐狸和罐子

有个农夫，带着一个空罐子，经过树林时忽然发现一个狐狸洞。

他想：我去拿枪的时候，怎样才不会让狐狸逃走呢？他左想右想，将他的空罐子盖在洞口。谁知道风吹着罐口，罐口便呼呼呼地响起来了。

"很好，很好！"他想，狐狸一定以为这是可怕的东西，吓得不敢出来。他急忙跑回家去。

这时，狐狸正坐在洞里，觉得奇怪，它想：这是什么声音？我

应不应该出去看看？它耐不住好奇心，便伸头向外看去。"原来是你，一个罐子！你想来吓我吗？哼！等着吧，你马上就会知道我的厉害！"

狐狸说着，便将自己的头拼命地向罐口伸去，它要知道里面是什么东西。但是它的头伸了进去，便怎么也缩不回来了。

它的头卡在罐口，卡得很紧。这样转，那样转，总是转不出来。所以它只好对罐子告饶："让我出来吧。"但是罐子根本不睬它。

"哦，这就是你的把戏吗？你不放，我就淹死你！"

它跑到河边，想把罐子沉在水里。水钻进了罐子里，发出咕噜咕噜的气泡声。狐狸说："很好，很好，现在你就是求我原谅，也太迟了！"不一会儿，罐子已经装满了水，将狐狸的头弄得越来越紧了。狐狸心里很怕，它说："你这个蠢东西，我不过和你开个玩笑，你倒认真起来了！"狐狸使劲地将头伸出水面。

　　它再急急地跑回树林。但是它跑的时候，看不到东南西北，碰着了一棵大树，将罐子打得粉碎，一片一片地从它头上落下来。

　　它长舒了口气，说："好险，好险，幸好没把头撞破。这个蠢东西，现在倒打得粉碎了，活该！"

43. 仙鹤和鸬鹚

从前有一只仙鹤，一直都独来独往。有一天它突然觉得孤独了，它对自己说："我为什么不去找个朋友来同住呢？不如去找鸬鹚吧。我们住在一起，就算是一个家庭，大家都会觉得快活呢。"

仙鹤走过了草地。

鸬鹚住在草地的另一边，仙鹤见了它便说："鸬鹚小姐，我有点事情问你。你为什么要独住，干吗不和我在一起？"

鸬鹚回答说："你想和我住在一起？你不是发痴吗？你赶快回去吧！"仙鹤没法，只得垂头丧气地回了家。

　　鸬鹚转念一想：我多么笨啊！仙鹤是这么漂亮的一个好朋友，恐怕全世界也不容易找得到。我得赶快去告诉它，我很愿意和它住在一起。它便跑去对仙鹤说："仙鹤先生，你要和我住一起吗？"

　　仙鹤心里正赌气，便回道："你现在愿意了吗？但是我不愿意了。"鸬鹚只得垂头丧气地回了家。

　　仙鹤又觉得孤单了，它想：唉，赌什么气呢？我不如再赶过去，老老实实地对鸬鹚说，我真的愿意和它一起住。它想了想，又去找鸬鹚。

　　它说："鸬鹚小姐，我真的愿意和你一起住，你也愿意吗？"鸬鹚说："你现在愿意了，但是我不愿意了。你应该早些改变想法才行。"仙鹤听了，心里非常不快活，只得垂头丧气地回去了。

　　后来鸬鹚又想到了仙鹤，它又跑去见它。它说："亲爱的仙鹤先生，算了吧，算了吧！我们住一起吧。"仙鹤回答说："太迟

了，老朋友，我现在一点都没有做这梦。"仙鹤听了，只得返回去。

后来仙鹤又想答应鸱鹕，鸱鹕却不答应仙鹤；鸱鹕又想答应仙鹤，仙鹤却不答应鸱鹕。它们两个一会儿赌气，一会儿后悔，一来一往，就是到现在它们恐怕还没有住到一起哩。

44. 雪花姑娘

从前有一个村庄，村庄里面住了一个老头子和一个老太婆，他们没有小孩，觉得很孤独。

有一天早晨，老头子看见许多小孩子在那里堆雪人，他对老太婆说："你看，老太婆，我们也用雪堆一个女孩好吗？我们给她取个名字叫雪花，她就是我们的小女儿了。"他们便欢喜地出门

去，用雪堆了一个小小的雪娃娃。这个小女孩，多么好看呀！

真奇怪！小雪花笑了，她的手脚也开始动了，甚至还张口说话了。老头子和老太婆连忙带她到屋子里，给她许多东西吃，许多东西喝。她吃了喝了，变成了一个大女孩儿了。

雪花真是个好女儿，样样家务都会做，只是不能碰热的东西。所以不论什么时候，老太婆点着火炉在炉子上煮汤，或锅子里发出热气，她便飞快地逃出去，一个人坐在门廊外，才觉得比较舒服。

春天来到，天气渐渐变热，厚厚的雪一点一点融化了。当然，雪花是不喜欢这种天气的。

雪花的小伙伴们常喜欢在太阳底下玩耍。她们赤了脚在湿地上跑，或者在水上噼噼啪啪地戏水。但是雪花宁愿躲在屋子的角落里玩布偶，也不愿意出去冒险。

田里各种野花开放了，果子也渐渐成熟了。雪花的小伙伴们都邀她出去在树荫下散步、游戏，她心里不愿意。但是因为伙伴们不断地请求，她没法，也只得答应了。

她们在树林里玩了很久。后来大家还生了火，在火边跳来跳去，轮流比赛。末了，轮到雪花，她也只得跳了。谁知道她一跳，立即化在火里，变成了一团白雾，一丝一丝地飘上天去了。

45. 会唱歌的面包

从前有个老头子，他想吃些好东西，便对他的老太婆说："亲爱的，请你给我做一个面包吧。"老太婆却说："用什么东西做呢？面粉恐怕早已用完了。"老头子说："胡说！你把面粉袋打开看看，我们一定有的。"

老太婆将面粉袋打开看了一看。

果然，那里面还有小半袋面粉，她便用面粉先和了面，做成面包；然后往面包上涂上牛油，再放到火炉里去烤。

面包烤好了，老太婆从火炉里将它取出，放在窗口晾凉。

谁知道这个面包待在窗口，觉得太无聊了，便自己滚动起来。

它从窗口滚到凳子上，从凳子上滚到地上，再滚到门边；从门边滚到门前的台阶，再滚出门口；最后从门口滚到小路上，又从路上滚到田野里。

在田野里，面包忽然遇见一只兔子。兔子对它说："好面包，好面包，快来给我吃！"

"哦！兔先生，你不要吃我，让我唱歌给你听。"它开始唱了：

"我是好面包，我是好面包，我从面粉袋里出来，我用牛油烤了，再在窗口晾凉了。我逃离了老头子的口，我也逃过了老太婆的口，我逃不过你的口吗？"它唱完了这几句，便滚，滚，滚，一直

滚到兔子看不见了。

面包不停地滚，滚，滚，滚到一个地方，遇着一只大灰狼。大灰狼对它说："好面包，好面包，快来给我吃！"

"哦！狼先生，你不要吃我，让我唱歌给你听：我是好面包，我是好面包，我从面粉袋里出来，我用牛油烤了，再在窗口晾凉了。我逃离了老头子的口，我也逃过了老太婆的口和小兔子的口，我也很容易逃过你的口。"

面包又不停地滚，滚，滚，滚到一个地方，遇着一只大熊。大

熊对它说："好面包，好面包，快来给我吃！"

"你不要吃我，你这个老家伙，就是你想吃也吃不到！"它说完再接着唱，"我是好面包，我是好面包，我从面粉袋里出来，我用牛油烤了，再在窗口晾凉了。我逃离了老头子的口，我也逃过了老太婆的口、小兔子的口、大灰狼的口，我也能逃过你这个老家伙的口。再会吧！"

面包不停地滚，滚，滚，遇着一只狐狸。狐狸对它说："你好，你这么漂亮，你烤得多么可爱呀。"它听见这种称赞，非常得意，便大声唱道：

"我是好面包，我是好面包，我从面粉袋里出来，我用牛油烤了，再在窗口晾凉了。我逃离了老头子的口，我逃过了老太婆的口，我也逃过了小兔子的口、大灰狼的口和大熊的口，现在还要逃过狐狸的口。"

狐狸说："唱得很好，你再唱一遍吧。可惜我最近耳朵有点听不清，请你坐在我的鼻子上唱吧。"

　　面包放心地跳到狐狸先生的鼻子上，接着唱它的歌。狐狸说：
"谢谢你，好面包，请你再唱一个给我听。假使你肯坐在我的舌头
上，那么我听起来就更清楚了。"狐狸便张开大嘴，伸出舌头，面
包刚一跳上去，狐狸便将它一口咬住，吞了下去。

46. 跛脚鸭子

有一个老头子和他的老太婆，他们没有小孩子。老头子常常在家里做鞋子，老太婆常常在家里织袜子。

一天，他们提了篮子，到树林去采蘑菇。他们差不多走遍了树林，采了许多许多的蘑菇。

忽然，他们看见草丛里有一个草窝，窝里卧着一只大鸭子。老头子说："你看，多可爱的鸭子呀。"

老太婆说："我们带回去吧。"他们便小心地将鸭子捧了起来，带回家去。到家之后，他们为鸭子做了一个草窝，里面铺满了

羽毛。

　　第二天，老头子和老太婆又到树林里去采蘑菇了。当他们提着蘑菇回到家，看见屋里变得非常干净，所有的餐盘碗筷都整整齐齐地放在架子上，毛巾也好好地挂在钩子上。

　　老太婆说："这一定是有人来过了。"

　　老头子说："一定有什么人来给我们收拾过了。"

　　他们出去问隔壁的邻居："好朋友，有人到我们的家里来过吗？"邻居说："我坐在石阶上小睡了一会儿，我没有看见什么

人。"

第三天，他们又去采蘑菇，又采了许多回来。他们进门看见桌子已经摆好了，桌上还有热的汤、热的面包。

老太婆说："一定又有人来过了。"

老头子说："一定有人来给我们烧饭。"

他们又去问隔壁的邻居："好朋友，今天有人到我们的家里来过吗？"邻居说："我只看见一个女孩子，挑了一担水到你们的家里去。她长得非常好看，可惜脚有点跛。"

老头子和老太婆想探个究竟。第二天早晨，他们假装又到树林

里去采蘑菇了，离开屋子不远，他们就躲在转角里，看有什么人到家里来。

忽然，他们看见一个很美丽的女孩子，挑了两只水桶，从家里跑出来，到井边去打水。老头子和老太婆赶快回到家里，他们看见鸭子窝里没有了鸭子，只剩了许多羽毛在那里。他们心里就明白了，便抱起鸭子窝和羽毛，向火炉里一丢，将它们烧了。

不久，女孩子挑水回来了。她看见老头子和老太婆，吓了一大跳。她想赶快逃回窝里去，哪知道她的窝和羽毛都不见了。她只得坐了下来，哭得非常伤心。

老头子和老太婆走过来，拍拍她，安慰说："好女儿，不要哭，不要哭，你真是我们的好女儿！我们都爱你，我们像对自己的女儿一样看待你。"但是女孩说："我原本可以在这里做你们的好女儿，但是你们将我的羽毛烧了，将我的翅膀剪掉了，叫我怎么能够和你们在一起？你们如果真的要我做女儿，请你们先给我做一个

纺织机。"

老头子给她做了一个纺织机，她便坐在门口唧唧唧地纺织。

忽然一群大雁从天上飞过，它们听见唧唧唧的纺织声，看见这个美丽的女儿，大家齐声唱："我们的女儿在这里，我们漂亮的女儿在这个院子里，我们听见她唧唧唧的纺织声，让我们快快丢下些羽毛去，叫她飞上来，我们一块儿飞！"

女孩儿回答说："不，不，不，我不能跟你们一块儿飞，因为我在池里摔断了脚，只能留在这里。"大雁听了她的话，便个个丢下些羽毛才飞去。

不久，又有许多大雁飞过来，它们也齐声唱道："这是我们的女儿，这是我们漂亮的女儿。我们听见她在院子里，唧唧唧的纺织声，让我们给她些羽毛，叫她飞上来和我们一块儿飞！"它们唱罢，便个个丢

下些羽毛给她。

　　女孩儿拾起了羽毛，披在自己身上，立刻变做一只大雁，追着那群大雁飞去了。

　　这样，老头子和老太婆又没有孩子了。

47. 大力士猫先生

从前有一只猫，从村子里跑出来溜达，恰巧遇见一只狐狸也从树林里跑出来。

狐狸说："你好！"猫也说："你好！"狐狸说："你叫什么名字？"猫说："我叫小白猫。你叫什么呢？"狐狸说："他们叫我老狐狸。"猫又说："让我们住在一起好吗？"

狐狸说："好啊好啊。"小白猫和老狐狸便在一起住了。

有一天小白猫到树林里去散步，想顺便采些果子回家吃。它在路上遇见了一只飞跑的兔子。兔子没有看见猫，它一跳，恰巧跳在

猫的身上。小白猫喵喵喵地叫了起来。兔子被吓了一大跳，拼命地逃了去。

兔子跑到半路，遇见了一只大狼，它便对狼说："当我跑过老狐狸的家，那里有一只从未见过的东西，它这么大，大得真是可怕。它差点把我吃掉，幸亏我跑得快，才保住了性命。"

大狼说："让我去看看吧。"兔子说："不行！不行！它要吃了你的。"但是大狼不管，便一直向老狐狸的家去了。那时候老狐狸和小白猫正拖了一只死羊到它们的院子里，在篱笆后面分着吃。

　　老狐狸吃饱了先走出门来，便遇见了大狼。大狼听见了老狐狸在篱笆后面做什么，便开口问它："谁在你的院子里？"老狐狸说："那是一只大力士猫。它杀死了羊，现在在那里吃，你不如快快地逃开，免得它像对羊一样对你。"大狼见小白猫正拼命在那里吃羊，它一面吃，一面还喵喵地叫着。大狼想：它一定在那里讲"不够，不够"吧。它又想：假如它吃了整只羊还嫌不够呢？它怕起来，赶紧逃了。

　　大狼逃的时候看见一只猪站在树边，便对猪说："你听到什么新闻了吗？你知道吗，我们再也不能够在这个树林里生活了，老狐狸和一个可怕的大力士猫住在一起，它一天吃了四只羊还不够哩。"猪竖起了耳朵，睁大眼睛说："我倒要看看这个可怕的大力士猫！"大狼说："你想干什么？你还是别走近那个地方为好！"

　　它们站着谈话的时候，一只熊走来，猪便对它说："大熊，大熊，你听见什么新闻了吗？现在老狐狸和一只怪兽住在一起，这只怪兽就是有巨大力气的猫。它一天吃了十只羊，还嫌吃得不够哩。"熊说："这东西有这么可怕吗？我倒想去看看它。"

　　它们商量了，决定叫猪去见狐狸，要狐狸给它们看一看这只可怕的大猫。

　　猪来到狐狸的院子外，说："老狐狸，你好吗？我们已经听说你的大力士猫了，不过我们还没有看见过它，你可以想个办法，让我们看一看，又不会被它吃掉吗？"老狐狸想了一想，说："办法是有的。你们去做许多饼，做许多糖，邀请我们来拜访你们，那么它会对你们个个都友好，不会吃掉你们的。"

猪听了很高兴，赶快跑回去对它的朋友说："老狐狸说，先做许多饼，许多糖，再邀请它们来看我们，那么，猫便不会吃掉我们。"后来，熊做了许多蜜糖，狼做了许多馅饼，再将地方收拾好，大家准备欢迎它们来。

狼说："我做了一天饼，想去树洞里休息一下。"便躲进树洞里去了。

猪说："我收拾地方，出了一整天的汗，我也要去休息一会儿。"它便躲进了草丛。

熊说："我做了一天的蜜糖，累坏了，想到树上休息一下。"便爬上了一棵橡树。

后来老狐狸和小白猫到了，一个主人也没看见。熊在橡树上，狼在树洞

里，猪在草丛里。两个客人没有事情做，它们便不等主人来，先动手吃了起来。老狐狸吃了蜜糖，小白猫吃了馅饼。

忽然，猫听见草丛里发出很奇怪的声音。你知道这是什么？原来猪心里非常害怕，它怕得尾巴发抖，草丛里便窸窸窣窣地响。猫

以为里面有老鼠，便立即冲了过去，捉住了猪的尾巴。

猪拼命逃，逃到一棵树边，差不多将头撞上了树根。

那时猫自己也被吓了一大跳，便赶紧逃到树上。熊在树上见猫蹿上来，顿时吓昏了，熊掌一滑，整个身体都从树上跌下来，跌在树洞边，差点砸到狼头上。

　　狼想："啊，我的末日到了！"便从树洞里跳出来，拼命地逃。它们都四散着逃开去，到晚上才敢回来。

　　晚上，它们讲起白天的事情。猪说："唉！我希望这样的事情绝不会有第二次了！你知道，它一下捉住了我的尾巴，将我的头差不多撞进了树根！"熊说："碰到树根有什么稀奇的！它差不多连树根都要拔起来，你想我怎么能够在树上站得住呢？幸亏我没有给它吃掉。"狼说："你们不知道它怎么差点砸到我的背上，它真是一只大怪兽啊！"大家都摇着头说："真的，这是一只大怪兽！"

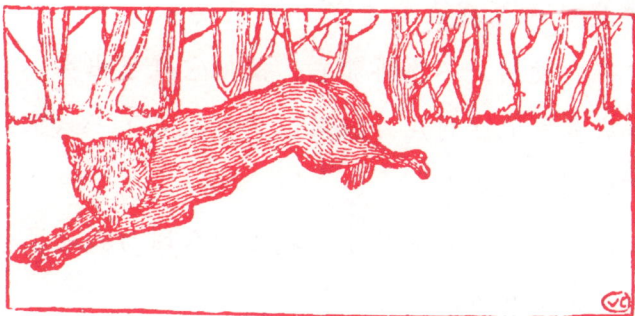

48. 狗和狼的友谊

　　从前，有个农夫养了一只狗，狗的名字叫汪汪。

　　汪汪很小的时候，常替农夫看门。它看见陌生人便叫，在夜里也向来很警惕。但是现在它老了，夜里要睡觉了，门也不能看守了。农夫觉得它没用，不愿再养它，便把它赶了出去。

　　汪汪垂头丧气地在村庄外流浪，忽然碰见了一只狼，狼问它："老朋友，你到哪里去？"

　　汪汪回答说："唉，别提了，我的主人因为我老了，把我赶了出来。我现在正不知道怎样办才好。"

狼想了一想，说："那么我给你想个办法，让主人再要你回去，天天给你东西吃。"

第二天，农夫的老婆背着婴儿到田里去收稻子。她将婴儿放在稻草上，就去田里忙碌了。狼看见了，便对汪汪说："啊，现在你先去躲在草垛后面，我慢慢地爬过去，等我将小孩叼了去，你就拼命地追我，叫我丢下孩子。"

狼说完，狗便去躲在孩子旁边的草垛后面。那时候农夫的老婆正在忙着收稻，狼便轻易地就将婴儿拖走了。

农夫的老婆抬头一看，见狼叼走了孩子，便赶紧大声呼救。

汪汪一下子跳了出来，拼命去追狼。等到它追上了狼，狼才放下孩子，还悄悄地对狗说："现在你赶快将孩子送还给他的妈妈，她就明白是你替她把孩子救回来了。"

狼交代完了，便逃进了森林深处，以免村民们追上来。

汪汪站在婴儿身边，做出保护他的样子，好让女主人认为是它从狼的嘴边将婴儿夺了下来。

女主人赶到之后，抱起孩子带回家去，还将汪汪所做的一切告诉了农夫。

农夫听了，高兴得不得了，拍着汪汪的头说："我真是不好，

把你赶了出去，现在你好好地住在这里。你在这里吃，你在这里喝，我养你到老，再也没有人赶你走了。"

后来汪汪想：我应该去谢谢狼才好。一天，农夫的家里有喜事。他们准备了很多酒菜，请了许多客。汪汪赶快跑到森林边，找到狼，对他说："你快来！你快来！我要请请你。"

狼去了，看见客人热热闹闹坐满了一桌。它便悄悄地钻到桌子下面等食吃。汪汪先找了一块面包给狼吃。客人看见农夫家的狗上桌叼食，都觉得奇怪。他们对主人说："你看！看你家的狗，这样大胆抢食吃！"但是主人说："随它去，随它去，这是救了我孩子的好狗！"

汪汪又找到了一瓶酒，叼到桌子下面去给狼喝，它说："请你

喝杯喜酒吧！"

狼喝了一杯酒，觉得心里不快活，想发泄出来。这时，它听见客人们喝了酒都唱起歌来，它也想要唱了。它问汪汪："假如我觉得快乐，我也可以唱个好听的歌吗？"

汪汪说："不可以！不可以！假如他们听见你号叫，就会杀掉你！"狼说："如果你不要我唱，你必须再拿些酒来。"

汪汪拿了酒来，狼喝了酒，又问："好汪汪，亲爱的汪汪，我真觉得不快活，为什么你要做便能做，我要做便不能做？我不管！我要唱歌了！"

汪汪来不及阻止它，狼便大声唱起来："嗷——嗷——"

啊！所有的客人都怕极了，有的逃到院子里，有的跳到桌上，还有的竟爬进壁炉里去躲了起来。

汪汪立即对狼说："遭了！遭了！你快快逃吧！趁乱逃走你还可以保全性命；如果你不快快逃，你和我两个都没命了。"狼才三步并两步地逃了出去。

为了不让人们发现自己和狼是朋友，汪汪一路追赶在狼身后。汪汪知道客人们都在喝酒，是没有工夫来追狼杀狼的。它们跑出村庄，跑过田地，一直跑到森林边上才停了下来。

汪汪说："啊！好危险！好危险！我叫你不要唱，你偏偏耐不住，那时候他们很容易捉住你，捉到你就杀，你还不明白吗？"狼终于知道自己做错了。

媒体赞誉

这些故事丰富了我们的民间故事宝库；而故事中的插图，无论在幽默感或艺术巧妙性上都是独一无二的。

——英国《卫报》

这些插图将幽默与个性化的表达紧密结合，大力士猫咪先生、面包先生、熊先生，颠覆了我们惯常思维中的单调形象，甚至狐狸和兔子都可以成为知心朋友。

——美国《每日新闻报》

就故事的纯粹魅力而言，它能与《格林童话》中最好的作品相媲美。

——美国《书人》杂志

评判一部儿童文学作品的唯一方式，就是把它交给孩子们去阅读。我们把这部小书交给了三位年龄在5岁到9岁之间的小评论家，他们的评判结果是一致的。小评论家们认为这是他们近期所看过的最出色的故事书。——还有什么评论能比这更好吗？

——美国《书人》杂志

这是一本充满趣味的故事集，最离奇的民间童话，配以最特别的插图，二者的互映近乎完美。

——美国《文学世界》周刊

瓦莱里·卡里克是用一种简单而直接的方式叙述的。他绘制的黑白插图，线条明快，充满了活力。对故事讲述者来说，这本书就是一座金矿。……非常适合中小学生作为课外及家庭阅读。

——《库克斯书评》

故事的意思这样简单，叙述这样有趣、重复，再加之图画又这样恰到好处，恰合儿童心理，非是艺术家而兼教育家的手笔不办。

——翻译家、教育家董任坚